CHEVAL FANTÔME

Titre original :

Phantom Stallion
Free again

87, quai Panhard-et-Levassor – 75647 Paris Cedex 13
ISBN : 978-2-0812-3864-0

TERRI FARLEY

CHEVAL FANTÔME

Un poulain dans la tourmente

Traduit de l'anglais (américain)
par Catherine Guillet

Flammarion Jeunesse

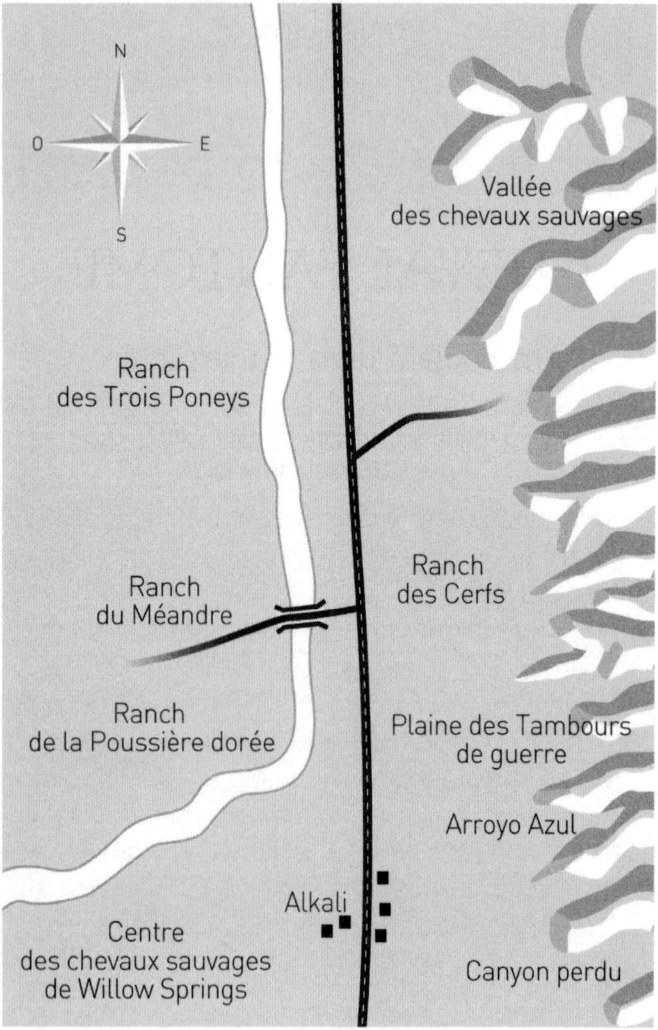
N
O
E
S
Vallée
des chevaux sauvages
Ranch
des Trois Poneys
Ranch
du Méandre
Ranch
des Cerfs
Ranch
de la Poussière dorée
Plaine des Tambours
de guerre
Arroyo Azul
Alkali
Centre
des chevaux sauvages
de Willow Springs
Canyon perdu

CHAPITRE 1

Samantha Forster descendit de l'autobus scolaire dans un vent glacial qui laissait présager que la neige n'était pas loin. Prise de frissons, elle remonta la fermeture Éclair de sa veste bleue en peau de mouton et enfonça les mains dans ses poches.

Jen, sa meilleure amie, qui d'habitude faisait avec elle le long chemin qui séparait l'arrêt de leurs maisons respectives, était restée à l'école pour un cours d'approfondissement en mathématiques. Le temps n'était pas assez mauvais pour que Grand-Mère Grace prenne la peine de venir chercher Sam en voiture. Celle-ci entama donc sa marche forcée vers le ranch du Méandre.

Tout en se mettant en route, elle glissa un regard par-dessus son épaule, vers les monts Calico. Une minute seulement, se promit-elle, car c'était bien évidemment une perte de temps.

Là-haut, vers les cimes, se cachait la vallée secrète du Fantôme. Mais les nuages qui filaient au-dessus d'elles étaient aussi noirs que les pensées de Sam. Le beau mustang d'argent ne voulait plus entendre parler d'elle, car elle l'avait trompé. Sam eut l'impression qu'une boule de métal froid se logeait à la place de son cœur. Si seulement elle pouvait demander pardon à l'étalon !

Bien sûr, dans les faits, elle ne l'avait pas trahi, mais c'était un cheval, et en tant que tel, il n'avait pu que constater son absence lorsqu'il avait eu besoin d'elle.

Maintenant, plus personne ne savait où il se trouvait. Durant des semaines, chaque nuit, Sam avait observé la Charla, la rivière qui traversait le ranch de son père. Chaque fois que l'autobus de son école passait devant la plaine des Tambours de guerre, elle avait scruté les environs à la recherche de l'étalon. Et chaque jour, elle observait les montagnes. Pas une fois elle n'avait aperçu au loin la silhouette pâle du Fantôme.

Sam resserra les bretelles de son sac à dos en soupirant. Elle rêvait de revoir l'étalon dans son repaire. Elle s'imagina montée sur Caïd, son fidèle mustang, émergeant du long tunnel noir dans la lumière de la vallée ensoleillée, où le Fantôme l'accueillerait par un doux hennissement lui signifiant qu'il lui avait pardonné d'appartenir à la race des humains.

Mais non, réfléchit Sam, ce serait impossible. C'était au Fantôme de venir à elle. Et s'il ne l'avait pas fait, c'était sans doute parce qu'il avait fini par perdre toute confiance dans les êtres humains. Même en elle.

Sam était si absorbée par ses pensées qu'elle ne remarqua les trois chevaux devant elle que lorsque l'un d'eux s'ébroua.

Deux pie et un bai se pressaient l'un contre l'autre, épaule contre épaule, queues au vent.

Sam sut aussitôt que ce n'étaient pas des chevaux sauvages. Le poil du bai était râpé en ligne droite sur son chanfrein, ce qui signifiait qu'il avait porté un licol pendant des années. Et bien que la corne de leurs sabots soit trop large pour avoir été limée, le cliquètement des pas de ces chevaux indiquait qu'ils étaient certainement ferrés.

— Pauvres de vous, qui vous traite de cette façon ? dit Sam aux trois animaux qui se bousculaient pour l'observer.

Trois paires d'oreilles pointèrent dans sa direction. Les taches de l'un des pie étaient si larges qu'il en était presque entièrement blanc. Il inclina la tête sur le côté, puis fit quelques pas de plus vers Sam, aussitôt suivi des deux autres. Ils s'approchèrent ainsi, peu à peu, avec prudence, jusqu'à ce que deux mètres à peine les séparent d'elle.

Sam connaissait tous les chevaux du ranch de son père, le Méandre, ainsi que la plupart de ceux qui appartenaient aux ranchs des Trois Poneys et de la Poussière dorée. Les trois qu'elle avait devant elle n'en faisaient pas partie. Quand des chevaux se promenaient ainsi seuls dans la prairie, ils pouvaient venir de n'importe où. Un grand nombre de ranchers se contentaient de clôturer quelques hectares seulement de leurs terres. Quant au Bureau de gestion, il ne le faisait pas du tout.

Impatient d'obtenir l'attention de Sam, le bai frappa le sol du sabot en couinant.

— Vous avez faim, c'est ça ? leur dit Sam d'une voix douce.

Le vent joua dans le pelage d'hiver naissant du bai, et Sam crut apercevoir le dessin de ses côtes. Un coup d'œil rapide à ses deux compagnons lui confirma qu'ils étaient aussi mal en point que lui.

Sam sentit le feu de la colère lui monter aux joues. Qui que soit le propriétaire de ces chevaux, il mériterait d'en être réduit à vivre comme eux : sans abri, sans nourriture, et avec des chaussures trop petites. On verrait bien si cela lui plairait.

— J'ai un petit dessert pour vous, reprit Sam de sa voix chantante qui attira les trois curieux plus près d'elle encore. Des barres de Granola, et il y en aura pour tout le monde.

Sam fit glisser son sac à dos de ses épaules sur le sol aride. Elle s'accroupit, puis ouvrit la fermeture Éclair lentement pour ne pas effaroucher les chevaux. Il était inutile qu'elle s'inquiète. Tous trois étaient bien trop intéressés pour s'enfuir.

— Je savais bien que ces Granola me serviraient un jour, murmura Sam pour elle-même.

Elle trouva dans son sac quatre barres entourées de papier d'aluminium.

Sa grand-mère savait que Sam avait peine à manger au petit déjeuner, mais elle persistait à lui proposer des œufs au bacon et des petits pains à tremper dans de la sauce. Chaque matin, Sam, qui se serait satisfaite d'un bol de céréales, refusait. Grand-Mère Grace lui donnait donc à emporter des barres de Granola, pour le cas où son estomac se mettrait à crier famine avant l'heure du déjeuner.

— Miel et flocons d'avoine ! annonça Sam en coupant une barre en trois morceaux.

À peine eut-elle le temps de les leur proposer que le pie presque blanc poussa ses deux compagnons et vint loger le bout de son nez dans sa main.

— Quel glouton ! lança Sam au gourmand, qui secoua l'encolure de plaisir.

Sam fit de son mieux pour répartir la nourriture de façon équitable. Bien sûr, les barres de Granola ne constituaient pas une alimentation de premier choix. Elles étaient très sucrées, et leurs propriétés nutritives probablement très limitées, mais Sam ne s'inquiéta pas. Après tout, elle devait être la première personne à se soucier de la santé de ces chevaux depuis bien longtemps.

Eux se délectèrent à mâcher longuement, puis, tête baissée, leur barbe effleurant le sol du désert, ils flairèrent tout autour pour trouver la moindre miette qui pouvait subsister. Sam profita de ce moment pour vérifier s'ils étaient marqués. À moins que les traces ne soient dissimulées sous leur pelage d'hiver, apparemment aucun propriétaire ne leur avait appliqué le fer.

— En tout cas, vous avez besoin d'entretien, conclut Sam, et tout d'abord, d'un bon repas.

Ce disant, elle se demanda si elle avait le droit de prendre en charge ces bêtes qui appartenaient sans doute à quelqu'un. Mais elle ne s'attarda pas longtemps sur la question. Elle avait déçu le Fantôme, elle ne décevrait pas ceux que le destin avait envoyés chercher de l'aide auprès d'elle.

Sam se remit en route. Tels trois gros chiens dociles, les chevaux lui emboîtèrent le pas et elle s'interdit de penser à la réaction de son père lorsqu'il la verrait arriver ainsi accompagnée.

Wyatt Forster imposait sur ses terres des règles de vie très strictes. En particulier, il exigeait que toute personne habitant dans son ranch travaille, et que chaque animal gagne son pain. Les chevaux du

Méandre avaient donc des journées de labeur aussi longues que les cow-boys. Grand-Mère Grace, elle, se chargeait de la cuisine, du ménage, de la comptabilité et avait le statut officiel d'associée du père de Sam. Quant à cette dernière, les corvées qu'elle devait effectuer n'étaient pas une simple formalité. Sans son aide, son père et sa grand-mère n'auraient pu se reposer que bien après le coucher du soleil. Même Flamme, le colley de la famille, savait faire office de chien de berger et donner l'alarme lorsque des étrangers s'approchaient du ranch.

— Je ne suis tout de même pas la seule enfant à ramener des animaux perdus à la maison, dit Sam aux chevaux pour se rassurer.

Néanmoins, elle se garda bien de préciser que le ranch du Méandre entretenait déjà deux mustangs qui ne travaillaient pas. Certes, le Bureau de gestion des terres dédommageait le père de Sam des frais occasionnés par leur présence. Popcorn et Soleil Noir lui avaient été remis dans le cadre du Programme de protection des chevaux et des cavaliers mis en place par le gouvernement du Nevada. Le PPCC consistait à confier des mustangs adoptés, mais maltraités ou négligés par leurs nouveaux maîtres, à des jeunes filles en difficulté sociale. Ensemble, dans une ambiance de travail paisible, cheval et enfant réapprenaient à vivre normalement et à faire confiance à l'autre.

Quoi qu'il en soit, Sam doutait fort que son père ait la moindre compassion pour trois chevaux dressés demandant l'aumône. Tant pis. Bien que le temps soit nuageux et gris, la tombée de la nuit était encore loin. Le père de Sam devait encore s'occuper du bétail dans la prairie. Elle aurait le temps de trouver un repas décent pour ses invités.

Une fois au bord de la Charla, les trois chevaux s'arrêtèrent pour se désaltérer, mais de toute évidence, ils n'avaient pas grande soif.

— Au moins, quelqu'un vous donne à boire, en déduisit Sam. Allez, suivez-moi. Vous verrez, vous allez adorer. On a du foin, et si ça se trouve, il reste des graines aussi.

Là-dessus, elle s'avança sur le pont qui conduisait au ranch. Les chevaux restèrent immobiles.

Sam s'efforça de les attirer, mais ils se contentèrent de secouer leurs toupets emmêlés de plusieurs mouvements de tête vigoureux, sans faire un pas. Sam décida alors de les appeler en frappant doucement des deux mains. C'était une mauvaise idée.

Effrayés, les trois chevaux reculèrent puis, sur une virevolte, s'éloignèrent en trottant de Sam et du Méandre.

Contrariée, Sam traversa le pont et se dirigea vers la maison. Flamme la rejoignit en deux bonds.

— Tu arrives trop tard, lança Sam au colley.

Il leva la tête, huma l'air et pointa ses oreilles vers le pont. L'odeur des chevaux devait persister.

Dans le grand pâturage de cinq hectares, Soleil Noir et Popcorn, eux aussi, l'avaient flairée. Bien qu'ils se contentent de leur petit troupeau à deux lorsque les autres chevaux de ranch s'occupaient du bétail dans la prairie avec leurs cavaliers, les mustangs étaient toujours heureux à l'idée d'avoir de la compagnie. Remarquant la présence de Sam, ils s'approchèrent de la barrière, Popcorn en tête grâce à ses membres blancs bien plus longs que ceux de la petite jument isabelle.

— Désolée, leur dit Sam de loin. Ils étaient timides ; ils n'ont pas osé venir faire votre connaissance.

Tout en parlant, Sam étudia Soleil Noir à la recherche d'un signe indiquant qu'elle était pleine. Rien ne le laissait paraître, et pourtant le vétérinaire avait affirmé que, vers la fin du printemps, la jument mettrait bas un poulain ou une pouliche conçu avec le Fantôme.

La porte à moustiquaire claqua et Grand-Mère Grace apparut sous la galerie en bois qui longeait la façade de la maison. Sam caressa d'un geste rapide les oreilles de Flamme, puis rejoignit sa grand-mère d'un pas déterminé. Quelqu'un devait se porter au secours des deux pie et du bai.

— Pourquoi les animaux sont-ils si nerveux ? demanda Grand-Mère Grace à Sam.

— Trois chevaux m'ont suivie jusqu'ici.

Grand-Mère Grace leva les yeux et regarda au loin. Les chevaux avaient disparu depuis longtemps et la poussière qu'ils avaient soulevée en se déplaçant était retombée. Visiblement rassurée et pensant que Sam lui avait fait une plaisanterie, elle partit d'un petit rire.

— Tu veux qu'on les adopte, c'est ça ?

— Grand-Mère, je suis sérieuse.

— Viens manger, lui répondit Grand-Mère Grace en lui tenant la porte. J'ai cueilli les dernières pêches que les arbres voudront bien nous donner cette année, et j'ai fait une tourte. Je me demande si les fruits ne souffrent pas du froid la nuit. Je te propose un petit goûter en ma compagnie. Comme ça, tu pourras me parler de ces chevaux qui t'ont suivie, ajouta-t-elle en prenant Sam par l'épaule.

Son tablier sentait bon la cannelle.

Sam raconta son histoire. Elle montait dans sa chambre pour y ôter ses vêtements d'école, lorsque sa grand-mère la rappela :

— Tu as bien dit deux chevaux pie, c'est ça ? lui demanda-t-elle en s'approchant de l'escalier. Tu sais, Trudy Allen a toujours aimé les *paint horses*[1],

1. Le *paint horse* est le cousin coloré du *quarter horse* ; de là vient son nom *paint* (peinture). En effet, sa robe est pie, c'est-à-dire composée d'une base de couleur et de taches blanches dont l'étendue et la forme varient énormément. Le

mais je pensais qu'elle les avait vendus avec le reste de ses animaux.

— Qui ? demanda Sam en redescendant de quelques marches.

— Tu te souviens bien de Mme Allen quand même, lui répondit sa grand-mère, l'air contrarié, les sourcils froncés.

Brusquement, Sam retrouva la mémoire. Petits, Jake Ely et elle étaient pétrifiés par cette femme. Jake et Sam étaient amis depuis toujours. Et depuis toujours, lui se croyait plus courageux et plus résistant qu'elle, tout simplement parce qu'il avait deux ans et demi de plus. Toutefois, sa témérité s'émoussait lorsqu'il traversait à cheval les terres de Mme Allen, et il ne s'aventurait alors jamais loin de ses frères.

Trudy Allen habitait une maison victorienne aux murs lavande, entourée de rosiers et d'une clôture en fer aux montants semblables à des lances torsadées. Plantée au beau milieu du ranch des Cerfs, elle détonnait et donnait la chair de poule. En fait, cette maison n'avait pas plus sa place dans cette région d'élevage et de ranchs que Mme Allen elle-même.

— Elle est encore en vie ? lâcha Sam.

paint horse a pour ancêtres les chevaux introduits par les conquistadores. *(Toutes les notes sont de la traductrice.)*

— Samantha Anne, je devrais te faire avaler ta langue ! s'exclama Grand-Mère Grace en tirant d'un coup sur les cordons de son tablier avant de le rouler en boule dans sa main. Bien sûr qu'elle est toujours en vie ! Trudy Allen et moi avons presque le même âge.

— Désolée, marmonna Sam.

Si une autre personne que sa grand-mère lui avait fait cette réponse, elle ne l'aurait pas crue. Mme Allen lui avait toujours paru centenaire.

— C'est juste que... reprit Sam avant de s'interrompre à nouveau en voyant l'expression de sa grand-mère. Je suis désolée, conclut-elle.

— Tu n'as pas fini d'être désolée, jeune fille, annonça Grand-Mère Grace. Ne pense même pas à te changer. Nous allons vérifier tout de suite si ces chevaux appartiennent à Trudy.

— Mais Grand-Mère, il fait froid ce soir... murmura Sam en frissonnant.

— Oui, cela te donnera l'occasion de porter ta belle veste en daim doublée de peau de mouton, lui rétorqua Grand-Mère Grace en déroulant ses manches, qu'elle avait retroussées pour cuisiner.

Sam n'osa pas lui expliquer que ses frissons n'étaient pas dus à la température. Elle trouva une autre excuse :

— J'ai encore toutes mes corvées à faire et j'ai des devoirs...

— Ce qu'il y a de bien avec le travail, c'est qu'il attend toujours notre retour, ironisa Grand-Mère Grace tout en reboutonnant ses poignets. Laisse-moi attraper un pot de pêches pour notre voisine. Ça devrait lui faire plaisir.

— Grand-Mère, on voit bien que tu n'as aucune idée de l'état de ces chevaux. Si tu les avais vus comme moi, tu n'aurais pas envie de faire plaisir à Mme Allen.

— Mais je ne parlais pas de moi. C'est toi qui vas faire preuve de bon voisinage.

Les yeux écarquillés, Sam écouta les mots retentir dans son cerveau. Le sourire de sa grand-mère était un peu trop affable ; cela sonnait faux.

— Ne me dis pas que...

Sam s'arrêta. Peut-être se trompait-elle sur les intentions de sa grand-mère. Qui plus est, elle ne voulait pas dévoiler ses propres sentiments.

— Tu veux que moi, j'y aille ? Toute seule ?

L'idée qu'elle et sa grand-mère s'y rendent ensemble lui déplaisait déjà beaucoup. Certes, elle avait désormais plus de quatorze ans. Cependant, elle ne se sentait pas le courage de pénétrer dans cette maison hantée dans laquelle Mme Allen habitait.

— Mais enfin, Samantha, tu réagis comme si je voulais t'envoyer sur Mars ! Le ranch des Cerfs n'est pas plus loin que celui de la Poussière dorée, et tu vas voir Jen là-bas constamment. Seule la direction change, ajouta Grand-Mère Grace d'un ton qui s'était radouci. En plus, si je ne m'abuse, tu regardes souvent dans cette direction depuis quelque temps.

Sam hocha la tête. En effet, le ranch des Cerfs se trouvait entre le Méandre et les monts Calico. Les sentiers empruntés par les cerfs, qui avaient donné son nom au ranch, l'étaient également par les mustangs. Il était même possible que le Fantôme considère ces terres comme faisant partie de son territoire.

Sam se sentait tiraillée.

— La distance ne me gêne pas, et un bon galop ferait du bien à Caïd, mais...

— Donc, tu y vas, l'interrompit Grand-Mère Grace.

Là-dessus, elle tourna les talons. Sam la suivit tout en essayant de trouver une autre excuse au plus vite. Elle aurait tout fait pour ne pas avoir à avouer la vérité.

Sa grand-mère prit de la confiture dans un placard et se retourna si brusquement, les bras chargés de pots, que Sam faillit se heurter à elle. Grand-Mère Grace fronça les sourcils, mais Sam comprit à son expression que la mémoire lui était enfin revenue.

— Trudy a dû se sentir très seule il y a dix ans. Ses enfants s'en sont allés à l'université. Ils se sont installés. Et son mari est mort peu de temps après. Il est vrai qu'à partir de là elle s'est isolée et elle est devenue étrange, admit Grand-Mère Grace. Mais Sam, tu ne crois tout de même plus que c'est une sorcière, j'espère !

Chapitre 2

Caïd s'élança dans le vent, et Sam se pencha en avant, la joue pressée sur son encolure chaude, les yeux plissés pour se protéger de la crinière noire qui les cinglait. Ainsi, dans cet univers flou qui l'entourait, elle s'imagina que, quelque part, le Fantôme la voyait. Peut-être galopait-il derrière elle, avançant en foulées longues et puissantes, pour la rattraper et continuer sa course à ses côtés, au même rythme que Caïd.

Mais non. Caïd et elle étaient seuls. Sam sentait bien le travail et le balancement souples des muscles du hongre qui contournait rochers et buissons d'armoise, mais seuls ses quatre sabots martelaient le sol du désert.

Sam tâcha de se convaincre que cela n'avait pas d'importance. Le Fantôme viendrait à elle lorsqu'il serait prêt. Sans compter qu'elle avait Caïd — lequel, elle en était certaine, n'aurait pas couru si vite s'il avait su que chaque pas le rapprochait de la maison hantée de Mme Allen.

À peine avait-elle formulé cette pensée que le mustang ressentit son changement d'humeur et ralentit le pas avant de passer à un trot piqué[1] que Sam n'essaya pas de corriger. Son esprit était bien trop accaparé par l'apparition de ce qui constituait naguère le ranch des Cerfs.

Bien qu'une clôture entoure la plus grande partie de ses terres, bétail ou chevaux n'auraient eu aucune difficulté à s'échapper.

— Regarde-moi ça, tu aurais vite fait de l'enjamber, pas vrai mon cheval ? lança Sam à Caïd, tout en se disant que même les pauvres rosses qui l'avaient suivie un peu plus tôt dans l'après-midi en auraient été capables.

Au fil des saisons, les pieux de la clôture s'étaient inclinés, mais personne ne les avait renforcés ni n'avait creusé de nouveaux trous dans lesquels les replanter. Quant aux fils barbelés, ils s'étaient détendus avec les années et le passage répété de nombreux animaux.

Désormais, pieux et fils rouillés se courbaient un peu plus à chaque rafale de vent.

1. Trot décousu, fautif.

Un grincement de fil barbelé sur du bois se fit entendre et les oreilles de Caïd pivotèrent aussitôt dans cette direction, mais il poursuivit son chemin.

Si ce n'était la présence d'une machine agricole, les prairies étaient totalement abandonnées. L'engin à roues lui-même était posé là où on l'avait arrêté. Ne sachant pas exactement à quoi il avait pu servir en son temps, Sam se dressa sur ses étriers pour l'étudier. Elle ne parvint toujours pas à l'identifier, mais à en juger au siège éventré du conducteur, et au nid que les campagnols des champs avaient construit dans son rembourrage cotonneux, il se trouvait là depuis longtemps.

Sam dirigea Caïd vers l'allée clôturée qui menait à la maison. Au bout de quelques mètres, Caïd se déroba. Quelque chose avait bougé un peu plus loin devant eux. Un coyote. Le pelage gris de l'animal se fondait avec les ombres du désert. Si sa curiosité ne lui avait pas fait incliner sa tête couleur fauve, Sam ne l'aurait pas vu. Le coyote s'arrêta, les antérieurs tournés vers eux, considéra cheval et cavalier, puis sauta par-dessus la clôture et s'éloigna en direction des contreforts des monts Calico.

— Il est parti, murmura Sam à Caïd.

Ni elle ni lui ne craignaient les coyotes, mais celui-ci était apparu de nulle part.

« Ne sois pas bête », se dit Sam. La nuit tombait. Tout le monde savait que la couleur des coyotes se mêle à leur environnement et, ce soir-là, la luminosité était d'un beige rougeâtre brumeux.

Tout en agitant la tête de haut en bas, Caïd s'engagea sur l'allée. Sam se rappelait une terre tendre et poudreuse, où chaque pas laissait une empreinte. Elle devait être bien jeune la dernière fois où elle l'avait foulée, car elle se souvenait encore qu'elle avait alors voulu sauter à bas de son mustang pour s'amuser à y faire des trous. Maintenant, la voie était recouverte de mauvaises herbes, comme si plus personne ne l'empruntait jamais.

Soudain, Sam avisa la maison. L'entrée lui faisait face, et la façade arrière était orientée vers les montagnes. Tout dans sa construction semblait en forme de pointe : la ligne de toit était hérissée de zigzags ; les montants de la clôture ressemblaient à des lances ; et un panneau triangulaire annonçait en gros caractères : « Défense d'entrer ».

Autrefois, les gens l'avaient probablement trouvée élégante. Sam elle-même avait vu la roseraie qui l'entourait, la clôture en fer forgé. En outre, elle était le dernier signe de civilisation avant la nature sauvage.

Il n'en restait pas moins que ce jour-là, et à cette heure de la journée, elle ne donnait plus du tout l'impression d'être élégante ou civilisée.

Le crépuscule avait transformé en gris la couleur lavande de ses murs. L'un de ses volets claquait au vent, comme si quelqu'un avait frappé contre un mur de façon continue. Quant aux autres, mal accrochés, on aurait dit des ailes brisées.

Une boule d'amarante séchée passa en roulant sous le nez de Caïd, avant d'aller en rejoindre d'autres qui s'étaient déjà amoncelées contre le mur de la grange.

Tout était en triste état.

L'idée qu'elle avait peut-être eu raison donna à Sam la chair de poule. Et si les chevaux de Mme Allen erraient, affamés, dans la région parce qu'elle était morte ?

Sam n'entrerait pas dans la maison pour vérifier. Après tout, ce n'est pas ce que sa grand-mère lui avait demandé de faire. Elle voulait simplement que Sam offre des pots de confiture à sa voisine.

Sam respira profondément. Une fois. Deux fois. Elle essaya de trouver le courage de mettre pied à terre, d'ouvrir le portail, et d'entrer. Elle en était encore à se souhaiter capable d'un tel acte de bravoure lorsqu'une longue série de hennissements joyeux la firent sursauter.

Elle se tourna sur sa selle et chercha les chevaux du regard. Ce faisant, elle aperçut un petit corral attenant à la grange. La porte de communication entre les deux pivota sur ses gonds rouillés, mais aucun animal n'apparut.

Sam remarqua alors un autre corral, plus grand, carré, d'où les deux chevaux pie et le vieux bai la regardaient. Ils appartenaient donc bien au ranch des Cerfs.

Toujours collés l'un à l'autre, ils attendaient. Il n'y avait pas un seul brin d'herbe ni un seul fétu de paille autour d'eux. Le portail était grand ouvert, et grinçait lui aussi sur des gonds qui avaient besoin d'être huilés.

Sam caressa l'encolure de Caïd.

— J'irai leur donner à manger dans une minute, promit-elle au hongre qui répondait par de petits couinements aux appels des trois chevaux.

Et elle le ferait, se jura-t-elle, même si elle devait pour cela fouiller la grange délabrée dans le noir.

Sa détermination à aider ces chevaux incita Sam à se hâter. Elle sauta à terre et passa les rênes de Caïd sur un piquet de la clôture en fer. Elle n'était pas aussi pointue qu'elle se le rappelait. Sam essaya de se souvenir. Quel âge avait-elle — six ou sept ans ? — le jour où, tels Hansel et Gretel, Jack et elle avaient marché main dans la main jusqu'à la porte de la maison ? Qu'étaient-ils venus faire ici ?

Sam avait oublié. Seul lui revint à quel point ils avaient eu peur que les chiens de Mme Allen ne bondissent vers eux, même s'ils savaient qu'ils ne pourraient pas franchir la clôture. Elle essaya de se les représenter. De quelle race étaient-ils ? Son père ne lui avait-il pas dit que c'étaient des bulldogs, ou bien sa mémoire lui jouait-elle un tour ? Quelqu'un d'autre, Dallas peut-être, les avait qualifiés de chiens du diable, lui semblait-il.

Certes, ses souvenirs étaient flous. Toutefois, Sam était certaine d'une chose : ces chiens les avaient suivis, Jack et elle, en haletant, en grondant, les crocs dehors, et leurs griffes auraient pu entailler la chair tendre d'une jambe d'enfant sans difficulté. Sam n'avait pas besoin d'en savoir davantage. D'autant que Jake et elle avaient aussi tremblé à l'idée d'en trouver quelques-uns empalés sur cette horrible clôture.

Sam leva les yeux. Une volute de fumée s'élevait de la cheminée. Mme Allen n'était pas morte.

« Ressaisis-toi », se sermonna Sam en se plantant devant le portail. Comment pouvait-elle se laisser impressionner par une vieille femme ?

Elle souleva la clenche du portail en fer. *Clic.*

Le bruit provoqua instantanément un déchaînement d'aboiements dans la maison. Si les chiens de Mme Allen avaient vécu si longtemps, c'est qu'ils étaient diablement robustes.

Un pot de confiture dans chaque main, Sam s'aventura vers la porte d'entrée. D'un pas énergique et décidé, elle parcourut l'allée et grimpa les marches de la galerie en bois. D'un geste maladroit, elle coinça un pot de confiture sous son bras, puis, de sa main libérée, frappa. Et attendit.

— Déguerpissez ! ordonna une voix éraillée.

— Madame Allen ? C'est Samantha...

— Qu'est-ce que tu veux ?

Sam n'aimait pas hurler devant une porte fermée, mais elle n'avait pas le choix.

— Ma grand-mère... Grace Forster... m'a demandé de vous apporter cette confiture de pêches.

— Dis à Grace que je n'ai pas besoin de sa charité ! lança la voix qui, si vigoureuse soit-elle, laissait percer une certaine lassitude.

Sam eut un demi-soupir de soulagement. Au moins, Mme Allen venait d'admettre qu'elle connaissait sa grand-mère.

— Madame Allen ? Grand-Mère Grace essaie juste de vous faire plaisir.

Un bruissement se fit entendre à l'intérieur. La vieille femme était-elle venue l'observer par le judas ou s'apprêtait-elle à lâcher ses chiens ?

— Laisse les pots alors, et disparais !

Un bruit mat se fit entendre, comme si quelque chose était tombé.

Sam s'accroupit, les yeux toujours rivés sur la porte, et posa les pots de confiture par terre. Il lui aurait été facile d'obéir aux ordres de Mme Allen. Cependant, elle resta.

— Vos chevaux ont faim, osa-t-elle.

Sa voix était si tremblante qu'elle se racla la gorge et répéta :

— Madame Allen, vos chevaux sont allés jusqu'au Méandre pour chercher de la nourriture.

— Je m'occupe bien de mes chevaux.

Sam recula d'un pas. La voix de Mme Allen avait repris de la force. Le cœur de Sam se mit à palpiter, lui conseillant de s'enfuir.

— Je vous dis la vérité, insista-t-elle néanmoins.

Toujours en reculant, elle descendit une marche du perron.

— Ils ont faim, s'obstina-t-elle.

— Sors de ma propriété tout de suite, ou tu le regretteras !

À l'intérieur, des griffes grattèrent le bois de la porte et des grondements s'élevèrent. Si ces chiens sortaient, elle ne pourrait pas courir, sans quoi ils la pourchasseraient. Ils l'encercleraient et s'attaqueraient peut-être même à Caïd.

Soudain, Sam eut une idée.

— Je m'en vais ! lança-t-elle.

Là-dessus, elle courut vers le portail, sortit du jardin, sauta en selle et demanda à Caïd de s'éloigner du ranch.

Le hongre hésita, balança la tête de haut en bas, résista à la pression des genoux de Sam. Les mustangs ont un besoin immense de se sentir en sécurité dans un troupeau. Caïd ne voulait pas quitter les chevaux du corral mais, les chiens aboyant de plus en plus fort et Mme Allen criant toujours, Sam dut trouver le moyen de se faire écouter.

— Allez ! hurla-t-elle en talonnant le hongre et en tirant les rênes si loin de l'encolure qu'il ne pouvait pas ne pas les voir du coin de l'œil.

Il renâcla, mais s'inclina, et prit la direction choisie par sa cavalière.

Aussitôt, Sam le lança à l'assaut de l'un des sentiers qui grimpaient en lacets le long de la pente. Une seconde voie en bifurquait pour passer derrière la maison. Sam s'y engagea. Elle maintint Caïd au pas et ne se retourna pas. Mme Allen était peut-être assez folle pour la suivre, mais sa voix suggérait qu'elle n'en aurait pas la force.

Une fois hors de vue, Sam arrêta Caïd et se cala sur sa selle, prête à une longue attente. Elle posa le plat de la main sur l'encolure du hongre. Il avait chaud, mais il ne transpirait pas.

— C'est bien, mon cheval, le flatta Sam.

Caïd agita la tête et le cuir des rênes claqua. Le hongre en voulait toujours à Sam de l'avoir forcé à quitter les autres.

— Tu vas les revoir bientôt, Caïd, le rassura-t-elle. Je ne les laisserai jamais mourir de faim.

Sa décision lui attirerait des ennuis.

Sam aurait déjà dû être rentrée au ranch. L'heure du dîner était passée, et c'était un soir d'école. Depuis que sa moyenne en algèbre était tombée à C au premier trimestre, son père et sa grand-mère la harcelaient tous les soirs au sujet de ses devoirs. Pourtant, elle devait nourrir ces chevaux.

Le bon sens lui murmurait de rentrer et de demander à son père ou à sa grand-mère de revenir avec elle en voiture. La Grande Ourse luisait faiblement dans le ciel bleu d'encre et le vent reprenait de la force. Sam avait froid. Elle avait toutes les raisons de partir, mais elle voulait prendre toutes les décisions elle-même.

« Admets-le, se dit-elle, tu veux jouer les héros. »

Dans les semaines qui avaient précédé, elle avait accompli beaucoup d'actions qu'elle considérait héroïques : elle avait participé à la libération du Fantôme, prisonnier de Karla Starr et de son rodéo[1] ; elle avait sauvé Soleil Noir des mains des voleurs de chevaux sauvages[2]. Son père et sa grand-mère la trouvaient-ils courageuse ? Non. Ils étaient du même avis que Brynna Olson, la directrice du Centre des chevaux sauvages qui dépendait du Bureau de gestion des terres du Nevada : Sam était d'une imprudence folle.

1. Voir *Cheval fantôme – Le cheval rebelle.*
2. Voir *Cheval fantôme – Une jument dans la nuit.*

— Quelle est la différence entre courageux et imprudent, Caïd ? Tu le sais, toi ?

Le hongre piaffa. Il se moquait de l'héroïsme. Il voulait du foin. L'heure de son dîner était passée, elle aussi, depuis longtemps.

— Bientôt, lui murmura Sam.

Elle avait entendu la porte s'ouvrir deux fois, mais Mme Allen n'avait jamais montré le bout de son nez. Cherchait-elle Sam ? Probablement. Pour éviter que la vieille femme lance les chiens à sa poursuite, Sam devrait attendre la nuit noire. À ce moment-là, Mme Allen ne pourrait plus la voir.

Subitement, des lumières s'allumèrent dans la maison. Elles illuminaient un œil-de-bœuf en vitrail à l'étage.

À l'étage... Peut-être Mme Allen se préparait-elle pour la nuit. Les personnes âgées n'avaient-elles pas l'habitude de se coucher tôt ?

— Je te mets ma main à couper qu'elle, elle a mangé, dit Sam à Caïd.

C'était injuste de la part de Mme Allen de laisser ses trois chevaux le ventre vide.

De nouveau, Caïd piaffa en fouaillant de la queue. Puis son corps se tordit, et Sam sentit son dos se bomber. Caïd en avait assez d'attendre. Il risquait de décocher des ruades si elle ne passait pas à l'action.

— Ça suffit, Caïd, ordonna Sam tout en tirant sur les rênes d'un petit coup sec.

Néanmoins, elle savait qu'elle ne pourrait plus le faire patienter longtemps.

S'il en venait à vouloir réellement la désarçonner, il ne se gênerait pas pour le faire. Sam n'était toujours pas une cavalière expérimentée. Et elle ne souhaitait nullement se retrouver abandonnée, sans monture, à cet endroit. Mme Allen n'était peut-être pas une sorcière, il n'empêche...

Soudain, Sam sentit qu'on l'observait. Elle se figea. Comme les lapins, qui s'immobilisent dans l'espoir de disparaître dans leur environnement. Seulement voilà, Sam n'avait rien d'un lapin. Elle était perchée sur un grand cheval brun. Rien ne pouvait la dissimuler. Quelque chose bougea.

Sam talonna Caïd. Elle attendit qu'il ait fait quelques mètres avant de se retourner. Rien. Caïd, lui, n'avait pas peur. Il était juste agité.

Le pouls toujours aussi rapide que le bec d'un pic-vert en pleine action, Sam arrêta Caïd. Quelque chose avait bougé de nouveau un peu plus haut derrière elle. Il faisait déjà trop noir pour savoir *quoi*.

— Ta, ta, ta... se moqua-t-elle d'elle-même. Je suis sûre que c'est un cerf !

Elle continua de scruter la pénombre néanmoins. Elle ne discernait que des rochers et des buissons d'armoise. Quelque chose faisait crisser le sol, mais pourquoi aurait-elle peur ? Rien ne pouvait se tapir à cet endroit... À moins que ce ne soit un coyote ? Et là-bas, dans les pins pignon tourmentés par le vent et le manque d'eau, c'était peut-être un lynx ? Mais elle était bien trop grande pour qu'un lynx l'attaque...

En contrebas, une porte grinça une nouvelle fois. Bien. Mme Allen avait finalement décidé de sortir nourrir les chevaux. Sam s'assurerait qu'elle le faisait bien, puis elle rentrerait au ranch. Avec un peu de chance, son père et sa grand-mère ne la puniraient pas à vie.

C'est alors que Caïd releva la tête brusquement, et Sam vit ce que son cheval avait tout de suite compris.

La créature dissimulée dans le noir s'approcha.

CHAPITRE 3

Tout d'abord, Sam crut que la silhouette était un fantôme.

Sous la lueur pâle de la lune, elle ressemblait à un portrait flou de cheval tracé à la craie.

— Zanzibar...

Sam murmura ce prénom secret qu'elle avait donné au Fantôme. Il avait enfin décidé de venir à elle. Son cœur se gonfla de joie.

Sa silhouette modulée par le vent, l'étalon changea de forme. Puis il s'éloigna, et sa crinière se souleva telle une flamme d'argent. Jusque-là, la voix de Sam l'avait toujours apaisé. Pas cette fois. Bien que Sam ne puisse voir ses yeux dissimulés par la nuit, elle comprit que l'étalon se préparait à l'attaque.

Les hommes le traquaient depuis toujours pour sa beauté et sa puissance. Il ne pouvait plus se fier aux êtres humains. Même plus à elle.

Pourtant, il était venu tout près. Assurément, c'était une preuve qu'il était possible de renouer les fils de leur amitié brisée. Elle lui laisserait une minute pour lui donner le temps de se souvenir que naguère il appréciait le son de sa voix. Puis elle tenterait sa chance une deuxième fois.

Caïd ne salua son ancien chef de troupeau d'aucun hennissement de bienvenue, et n'essaya pas non plus de s'approcher de lui pour le sentir. Il resta là, à danser sur place, à tirer sur les rênes. Sam les reprit en main, mais pas assez fermement. Caïd arqua l'encolure pour résister à la pression, et les épaules de Sam se contractèrent sous la tension.

Pendant ce temps, le Fantôme avait brusquement fait un nouvel écart, écrasant et faisant rouler terre et cailloux sous ses sabots. Sam vit qu'il continuait à osciller dans l'incertitude. Il avait toutes les raisons de s'enfuir, pourtant, elle voulut encore une fois l'inciter à rester.

Elle en était à prendre son souffle, lorsque Caïd se cabra.

— Zanzibar, ne t'en va pas ! s'écria Sam tandis que Caïd se dressait sur ses postérieurs.

De peur de tomber, elle laissa filer les rênes entre ses doigts et porta tout son poids vers l'avant. Caïd retomba.

Avant même que les antérieurs du hongre ne touchent le sol, Sam vit le Fantôme s'engouffrer dans les buissons d'armoise. Sa voix l'avait effrayé, et non apaisé.

Les feuilles bruissèrent au passage de l'étalon. Sam apercevait encore sa tête et son encolure. Puis les branches se refermèrent d'un coup, et le Fantôme disparut au détour d'un lacet sur le sentier. Sam entendit un caillou rouler, mais elle ne voyait plus rien.

L'espace d'un instant, le vent retint son souffle. Si Caïd n'avait pas encore tremblé d'excitation, Sam se serait demandé si elle n'avait pas rêvé.

Soudain, en contrebas, un halo de lumière mouvant attira son attention. C'était le rai d'une lampe torche qui balayait le sol de la cour entre la maison et le corral. Mme Allen avançait lentement. Ses mouvements n'étaient pas raides, comme ceux de Grand-Mère Grace en pleine crise d'arthrite. Non, sa façon de se déplacer suggérait davantage que Mme Allen avait à peine l'énergie de mettre un pied devant l'autre.

Comment une vieille femme seule pouvait-elle diriger un ranch ? Même si elle n'avait été propriétaire que de quelques hectares, la tâche n'aurait pas été aisée...

« Peu importe », se ressaisit Sam, étouffant très vite ce début d'attendrissement. Il n'était tout simplement pas pardonnable de maltraiter des chevaux. En outre, malgré ce qu'avait dit Mme Allen, ses voisins seraient heureux de l'aider. La quasi-totalité des propriétaires de ranchs du Nevada lui aurait volontiers *donné* de la nourriture pour eux, si elle n'avait effectivement pas les moyens d'en acheter.

— Petits vauriens ! s'éleva la voix rauque de Mme Allen. Calico, Poil de Carotte, Juge, venez ici !

Elle n'avait pas parlé fort, mais à entendre les bruits de sabots et les petits hennissements, son ton avait suffi. Le rayon de lumière de la lampe torche se posa alors tour à tour sur chacun des trois chevaux.

— Vous n'avez pas belle mine, constata Mme Allen. Ça n'a rien d'étonnant. Vous êtes aussi vieux que moi. Voire plus, Juge, pour un cheval. Vous devriez déjà être transformés en colle. Je me demande pourquoi je vous garde.

La vieille femme disparut au milieu des trois chevaux qui se pressaient autour d'elle.

« Beaucoup de gens voudraient bien les avoir », se dit Sam. Comment Mme Allen osait-elle parler de les vendre pour en faire de la colle ? Mais Sam dut se raviser.

— Hé, la belle ! lança Mme Allen en caressant un des deux chevaux pie. Ne pousse pas comme ça !

Rien dans sa voix fragile ne trahissait une quelconque méchanceté. Cela signifiait-il qu'elle plaisantait ?

Il lui fallut une éternité pour transférer le foin de la grange au corral, et encore le vent lui en ravit-il une bonne partie à chaque voyage.

Sam s'apprêta à partir. Les chevaux avaient mangé, et c'était la seule raison pour laquelle elle était venue. Elle était rassurée.

Mme Allen remonta jusqu'au portail de son pas traînant. Elle le referma derrière elle, mais pas très solidement. Sam conclut du bruit fait par la clenche qu'elle n'était pas retombée sur le mentonnet. Le portail s'ouvrit de nouveau avant même que la vieille femme n'atteigne les marches de son perron.

Sam attendit que la porte de la maison se referme. Maintenant, elle comprenait pourquoi ces chevaux erraient seuls dans la prairie. Mme Allen ne s'était même pas retournée. Il leur était facile de quitter le corral et d'aller se promener. Le portail était ouvert.

Sam savait ce qu'il lui restait à faire, mais l'idée la mit en colère. Elle avait la désagréable impression de vivre un de ces cauchemars où on s'enlise dans des sables mouvants, incapable d'avancer, jusqu'à ce que l'irritation vous réveille.

Bien que celui-ci soit un cauchemar ambulant, avec son lot de sorcières, de ténèbres, et un vent si fort qu'elle en avait du mal à respirer, Sam n'avait pas le choix. Elle se devait d'aller consolider le portail. Si elle ne le faisait pas, sa paresse pourrait coûter la vie aux chevaux de Mme Allen.

L'après-midi même, ils avaient traversé la grand-route sans embûches. Le lendemain, ils n'auraient peut-être pas autant de chance.

Sam fit passer Caïd au trot. Le hongre, qui avait retrouvé son calme, posa cette fois chaque sabot comme il se devait. Il contourna chaque rocher avec une telle aisance qu'on en aurait oublié son agitation en présence du cheval fantôme.

Une fois devant le corral, Sam mit pied à terre et laissa tomber les rênes au sol. Loin de partir gambader, Caïd resta bien sage.

— Tu es un bon cheval, murmura Sam en lui flattant l'encolure.

Hésitant devant le portail, elle jeta un coup d'œil vers la grange. Si Mme Allen avait utilisé une lampe torche, c'était probablement parce qu'il n'y avait pas d'interrupteur à l'entrée du bâtiment. Ce dernier était sans doute rempli de rats et d'insectes aussi. Sam n'avait pas très envie d'avancer à tâtons dans le noir.

Elle considéra les trois chevaux. Le bai se contenta de pointer les oreilles dans sa direction, ses vieilles dents encore occupées à mâcher. Le foin leur suffirait pour l'instant.

Sam ajusta la clenche sur le mentonnet, mais l'ensemble du mécanisme était mal fixé. Elle alla donc prendre une lanière de cuir dans ses sacoches et attacha les deux battants ensemble.

Pour le cas où l'un de ces chevaux serait passé maître dans l'art de s'échapper, elle renforça le tout par un nœud de chaise, puis attacha les extrémités de la lanière sur les deux montants centraux du portail.

— Ça devrait tenir, dit-elle à Caïd.

Là-dessus, elle remonta en selle et reprit le chemin du Méandre.

L'allée qui menait de l'entrée sur les terres du ranch jusqu'à la maison lui parut plus courte au retour qu'à l'arrivée. Bientôt, Caïd traversait le désert familier dans un petit galop fluide et léger. Mais Sam, elle, ne parvint pas à oublier Mme Allen.

Cette vieille femme acariâtre avait nourri ses chevaux, et ôté à Sam l'occasion d'un acte héroïque. Il n'en restait pas moins que les trois bêtes avaient besoin qu'on leur lime les sabots et que leur corral soit protégé par une clôture décente.

Sam se promit de parler à son père et à sa grand-mère. Peut-être sauraient-ils quel organisme officiel pouvait intervenir en cas de mauvais traitement de chevaux.

Elle était presque arrivée au Méandre, lorsqu'elle vit des phares approchant dans sa direction. C'était son père. Il s'arrêta à la hauteur de Caïd, et Sam remarqua aussitôt qu'il ne portait pas son Stetson.

Ses cheveux étaient mouillés et il avait mis une chemise propre. Rentré de sa journée passée à surveiller les troupeaux dans les pâturages, il avait dû prendre une douche dans l'espoir de se reposer après le dîner. Au lieu de cela, il avait été obligé de partir à la recherche de sa fille.

— Ça va ? lui demanda-t-il par-dessus le ronronnement du moteur de son pick-up. Tu t'es perdue ?

— Je vais bien et je ne me suis pas perdue, mais...

Sam soupira, sentant brusquement le froid sur ses pommettes et ses doigts.

— Mme Allen ne s'occupe pas bien de ses animaux, osa-t-elle ajouter.

— Tu l'as aidée ?

Sam eut un léger recul de surprise. Son père n'aimait pas les gens qui maltraitaient les animaux. Pourquoi lui posait-il cette question ?

— Pas exactement, répondit Sam.

Son père fronça les sourcils, mais il ouvrit sa portière.

— Renvoie Caïd à la maison avec un bon coup sur la croupe, lui dit-il. Et toi, monte au chaud. Je te raccompagne.

Le vent souffla en rafales, s'infiltrant dans le col de Sam. Il était encore trop tôt pour qu'il neige, pourtant elle ne voulait pas laisser Caïd repartir seul.

— C'est tentant, finit-elle par répondre, mais je préfère rentrer avec lui.

*

Lorsque Sam ouvrit la porte en arrivant de la grange, un chocolat chaud et des sandwichs au fromage passés au gril l'attendaient sur la table de la cuisine. Sa grand-mère avait dû ranger le dîner des heures plus tôt. Les sandwichs avaient l'air si appétissants que Sam s'attabla avant même d'aller se doucher. En deux minutes, elle s'était lavé les mains, assise, et elle mordait à pleines dents dans le pain chaud.

Elle ferma les yeux et soupira de satisfaction. Lorsqu'elle les ouvrit de nouveau, son père et sa grand-mère étaient assis en face d'elle, l'air un peu trop interrogateur pour son goût.

— Le fait est, commença Sam, que Mme Allen ne prend pas bien soin de ses chevaux. Je ne sais pas si c'est parce qu'elle n'en est pas capable, ou bien parce qu'elle ne le veut pas.

— Ton père m'a dit que tu ne l'avais pas aidée, dit Grand-Mère Grace d'un ton légèrement accusateur.

— Je n'ai pas pu l'aider ! J'avais l'intention de le faire...

Sam s'interrompit. Elle mentait.

— Elle n'a même pas voulu m'écouter, rectifia-t-elle. Elle s'est contentée de me hurler à travers la porte que je devais disparaître de sa propriété.

Sam vit les sourcils de sa grand-mère se soulever.

— C'est vrai, insista-t-elle. Ses chiens grondaient à l'intérieur. Je les entendais sauter partout. Par contre, je lui ai laissé la confiture.

— C'est bien, conclut Grand-Mère Grace en glissant un regard de côté vers le père de Sam.

— Est-ce qu'elle arrive à se déplacer ? lui demanda alors son père.

Sam se remémora le moment où Mme Allen avait marché jusqu'à la grange.

— Elle marche lentement, mais elle ne boite pas et elle n'a pas l'air d'avoir quoi que ce soit de cassé.

— Tu penses que Trudy pourrait avoir des problèmes ? demanda Grand-Mère Grace au père de Sam. Je dois reconnaître que je lui ai rarement rendu visite depuis qu'elle a vendu le ranch.

Sam ne reconnaissait pas sa grand-mère. Ce genre de réflexion ne lui ressemblait pas. En fait, toute cette conversation n'avait aucun sens.

Soudain, les joues de sa grand-mère s'empourprèrent. Sam se rendit compte que, en proie au désir de comprendre, elle l'avait dévisagée. Contre toute attente, sa grand-mère se sentait mal à l'aise.

— Nous ne sommes plus vraiment amies depuis le lycée, lui expliqua Grand-Mère Grace. Elle était un peu plus âgée que nous, et plus intéressée par les arts que nous, ajouta-t-elle en haussant les épaules. Puis ses enfants ont grandi, déménagé, et son mari est décédé. Ensuite, je n'ai jamais compris pourquoi elle avait vendu son ranch.

— Est-ce qu'elle était obligée de le faire ?

Sam savait que de nombreux propriétaires préféraient abandonner la dureté de la vie des éleveurs de bétail pour la sécurité d'un travail en ville, mais Mme Allen n'avait pas quitté sa maison.

— Ou bien en avait-elle seulement assez de devoir s'occuper de ses bêtes ? ajouta Sam.

Grand-Mère Grace haussa les épaules à nouveau, et Sam eut une crampe à l'estomac.

— Qui a racheté son ranch ? demanda-t-elle.

— Ça ne nous regarde pas, lui répondit son père.

À voir sa mâchoire serrée et ses yeux plissés, Sam craignit de connaître la réponse.

— Linc Slocum ? osa-t-elle dire néanmoins, tout en prenant une gorgée de Coca-Cola pour feindre un certain détachement.

— Peut-être bien, admit Grand-Mère Grace. Je sais qu'il a payé le prix fort pour plusieurs ranchs de la région.

Les pensées de Sam firent un tourbillon dans son esprit. Les terres de Mme Allen n'étaient pas attenantes au ranch de la Poussière dorée. Comment savoir ce que Slocum ferait du ranch des Cerfs s'il lui appartenait ?

— Dans quel état était son ranch ? reprit Grand-Mère Grace.

— À l'abandon, lui répondit Sam. Les clôtures sont détruites ou enfoncées. Le loquet du portail du corral ne ferme plus. Des boules d'amarante séchée sont amoncelées contre le mur de la grange, au coin des clôtures.

— Visiblement, un peu d'aide serait la bienvenue, décréta le père de Sam en reculant sa chaise pour se lever. Est-ce que tu as beaucoup de devoirs à faire pour demain ?

Il était rare qu'il change de sujet de façon si abrupte. À croire qu'il était décidément obsédé par cette mauvaise moyenne que Sam avait en algèbre.

— Papa, qu'est-ce que tu comptes faire pour les chevaux de Mme Allen ? demanda Sam sans se démonter.

— On va s'en occuper. Toi, tu fais tes devoirs.

— Je dois prendre une douche d'abord, protesta Sam. Je suis restée dehors si longtemps que j'ai encore le froid sur moi, ajouta-t-elle en frissonnant.

Son père resta de marbre.

— Samantha, qu'est-ce que tu as comme devoirs à faire ? demanda Grand-Mère Grace.

— De l'algèbre... comme toujours, gémit Sam, en vidant son chocolat chaud jusqu'à la dernière goutte dans l'espoir d'y trouver la force dont elle avait besoin.

— Tu as tout intérêt à t'y mettre, trancha le père de Sam.

Puis, comme s'il n'était pas suffisant que Sam ait des exercices d'algèbre et se tracasse au sujet de Mme Allen, il ajouta :

— Mais avant, tu as un évier entier de vaisselle à laver. Ça te réchauffera.

Sam détestait ces moments où son père et sa grand-mère se liguaient contre elle. Toutefois, à peine avait-elle plongé les mains dans la montagne de mousse blanche qu'une idée formidable prit possession de son esprit.

Le Fantôme était sur cette crête.

Aux aguets, il avait prudemment gardé ses distances. Il n'empêche. Il était sorti de sa vallée secrète pour venir la voir.

Sam ferma les yeux presque entièrement et s'imagina que les bulles de savon formaient une sculpture du mustang. Il lui manquait tant.

Elle agita les mains dans l'eau chaude, et les bulles de savon se mirent à galoper.

Brusquement, elle rouvrit les yeux.

Elle savait où le trouver. Si elle se rendait disponible, l'étalon reviendrait probablement à elle.

Si son idée n'avait pas signifié qu'elle devait retourner au ranch des Cerfs et risquer d'y rencontrer

Mme Allen, elle aurait tenté sa chance sur-le-champ.

— Tu as piqué du nez dans ton eau de vaisselle ? lui cria son père depuis le salon.

— Non, papa ! lui répondit-elle en remuant fort les bulles de savon.

« Il y a des gens qui ne sont jamais contents », songea-t-elle avant de sourire : il y avait forcément une solution. Elle trouverait une excuse pour repartir dans ce ranch délabré. Dès le lendemain.

CHAPITRE 4

Le lendemain, Sam et Jen descendaient de l'autobus scolaire, lorsque Jen donna un coup de coude à Sam.

— C'est à qui ce pick-up ?

Sam n'en savait rien, mais l'autobus avait déjà redémarré, et elles étaient seules désormais.

La portière du vieux véhicule couleur mandarine s'ouvrit.

— Laquelle de vous deux est Samantha Forster ? lança une femme en descendant du pick-up. Elle avait des cheveux teints d'un noir d'encre, tirés en arrière en une queue-de-cheval basse, et de grosses boucles d'oreilles rondes en argent. On aurait dit les *conchos* qui décoraient la belle têtière de bride que Grand-Mère Grace utilisait lorsqu'elle montait Douce, sa jument.

La femme avait peut-être soixante-dix ans. Ses yeux marron étincelaient de vie, mais du coin de ces derniers jusqu'aux commissures des lèvres, sa peau retombait en plis comme de la cire de bougie fondue.

Malgré tous ces détails, Sam n'aurait pas reconnu en cette femme Mme Allen si deux chiens blanc et noir ne s'étaient mis à aboyer furieusement et à faire tanguer le pick-up en bondissant sur le siège avant. L'espace d'une minute, Sam se demanda s'il était possible qu'ils aient rapetissé.

— Vous allez me répondre, oui ! ordonna la vieille femme. Laquelle de vous deux est la fille Forster ?

Jen tenait le bras de Sam, mais resta sans bouger, ne voulant surtout pas trahir son amie. Sam, elle, savait que, même si Mme Allen n'avait conservé d'elle qu'un vague souvenir, elle n'hésiterait pas longtemps entre les longues tresses blondes de Jen et les cheveux auburn vif qui étaient les siens.

— C'est moi, madame, se décida Sam en espérant que sa bonne volonté calmerait la colère évidente de Mme Allen.

— Est-ce que tu te rends compte que j'ai reçu la visite d'une assistante sociale du comté ? aboya Mme Allen.

Sam ne savait pas grand-chose sur les assistants sociaux, si ce n'est qu'ils s'occupent de personnes en difficulté.

— Elle est venue voir si j'avais besoin d'aide ! poursuivit Mme Allen en s'approchant. Comme si j'avais besoin de ça. Depuis que j'ai vendu mes terres, tout le monde dans ce trou attend déjà la langue pendante que je casse ma pipe. Tu peux être sûre que je n'ai aucune intention de leur faire ce plaisir, mais voilà qu'il faut que j'affronte les services sociaux. Selon l'assistante, *quelqu'un* lui aurait indiqué que ma propriété tombait en ruine et que mes animaux étaient mal traités.

Jen, à qui Sam avait déjà tout raconté, tâcha de se porter au secours de son amie :

— Sam s'inquiétait pour vos chevaux, dit-elle.

Mme Allen s'était plantée devant Sam et Jen. Sam s'étonna de voir que la vieille femme faisait presque la même taille qu'elles.

— Tu dis « s'inquiétait », hein ? Eh bien, elle ne va plus avoir besoin de s'inquiéter, lança Mme Allen d'un ton menaçant.

— Vous ne les avez pas fait abattre tout de même ! s'exclama Sam, sans pouvoir retenir ces mots.

— Non, lui répondit la vieille femme d'une voix soudain calme. L'assistante sociale m'a expliqué que mes voisins se souciaient de mon sort. Elle m'a proposé de faire appel aux services d'adolescents du coin. J'ai accepté.

Sam eut l'impression que le sol s'effondrait sous ses pieds. Elle se doutait de ce qui allait suivre, et par réflexe, elle porta la main à la poitrine.

— Exactement, ma p'tite demoiselle, lâcha Mme Allen. Tu vas m'aider.

— Mais pourquoi ?

— Aurais-je omis de mentionner que ta grand-mère, cette sacrée Grace qui se mêle toujours de tout, est venue, elle aussi, tambouriner à ma porte ? répondit Mme Allen avec un regard plein de sous-entendus. Je ne l'ai pas laissée entrer, elle non plus. Mais quand l'assistante sociale a débarqué à midi, j'ai su que toi et ta famille d'entêtés ne me laisseriez pas en paix tant que...

Soudain, Mme Allen s'arrêta en pleine phrase, et elle eut l'air épuisé.

— Vous avez dit *des* adolescents, dit alors Sam calmement.

À ses côtés, Jen se raidit.

— Grace va aussi m'envoyer un garçon qui a une jambe cassée apparemment, pour qu'il surveille ton travail, répondit Mme Allen d'un ton dubitatif.

— Jake, souffla Sam dans un soupir.

Bien que l'idée d'avoir Jake comme inspecteur des travaux finis ne lui plaise pas, elle serait ravie de sa compagnie.

— Est-ce que tu es paresseuse au point d'avoir besoin de quelqu'un qui te dise quoi faire ? lui demanda Mme Allen.

Sam se campa, les poings sur les hanches. Si Mme Allen savait ce qu'il fallait réparer, pourquoi ne le faisait-elle pas elle-même ? Sam se mordit la langue pour ne pas prononcer ces mots qui auraient franchi les bornes de la politesse. Mais elle était en colère. Si sa grand-mère commençait à la prêter aux voisins, que lui demanderait-elle ensuite ? En outre, elle savait qu'il ne lui servirait à rien de se plaindre à son père. Il suivait toujours Grand-Mère Grace dans ses décisions.

— Quand est-ce que je commence ? finit par demander Sam à Mme Allen.

La seule perspective de corvées supplémentaires l'épuisait déjà. Elle avait tant de devoirs à faire ce soir-là qu'elle avait décidé de passer moins de temps avec Caïd.

— Demain, répondit Mme Allen. Apporte des gants de travail.

Là-dessus, la vieille femme tourna les talons, sans un *s'il te plaît*, un *merci*, ou même un *au revoir*.

La voix de Jen était pour le moins pensive lorsqu'elle prit la parole tout en regardant Mme Allen remonter dans son pick-up :

— Est-ce qu'elle a un problème ? Je veux dire, est-ce qu'elle est malade ?

Avant que Sam n'ait le temps de répondre, Mme Allen arrêta son véhicule à leur hauteur. Sam resta silencieuse et se contenta de l'observer, bien que la vieille femme, elle, garde le regard fixé sur son pare-brise.

— Merci d'avoir attaché le portail pour que mes chevaux ne puissent pas s'échapper, dit-elle, la mâchoire si serrée que sa phrase en sortit hachée.

— Je vous en prie, lui répondit Sam.

— Je ne te remercie pas pour moi. Je le fais au nom de mes chevaux, lui rétorqua Mme Allen.

Là-dessus, elle démarra.

Lorsque Sam arriva au Méandre, Grand-Mère Grace n'était pas là. Le dîner cuisait doucement dans la mijoteuse électrique, et non sur le gaz. Les petits gâteaux destinés à Sam étaient posés sur une serviette en papier, et non sur une assiette.

Sam retirait son sac à dos lorsqu'un bruit de pas se fit entendre sur les marches du perron.

— Te voilà enfin ! lança Grand-Mère Grace en surgissant dans la cuisine l'air affairé, ses clés de voiture à la main. Je veux que tu fasses quelque chose avant de te mettre à tes devoirs.

Sam sentit la tension monter dans ses muscles. Le service que sa grand-mère lui demandait avait certainement un rapport avec Mme Allen.

— Je croyais que je ne commençais que demain ! lança Sam d'un ton brusque.

Sa grand-mère s'arrêta net et sourit.

— Oh, tu as vu Trudy ? s'enquit-elle, tout en levant un doigt pour faire signe à Sam qu'elles aborderaient ce sujet-là plus tard. Je parlais d'autre chose. Brynna a appelé. Elle aimerait bien que tu l'aides à...

Sam ne put réprimer un gloussement d'exaspération.

— Samantha ! s'exclama Grand-Mère Grace, l'air ébahi.

— Parce que tu aimerais, toi, que quelqu'un organise ta vie sans jamais te consulter ? se rebella Sam. Je sais que je suis une enfant, mais est-ce que vraiment personne ne se soucie de ce que je veux ? Ce n'est pas juste de me prêter comme ça à Mme Allen, et maintenant de me traîner au Bureau de gestion tout simplement parce que la *copine* de papa a besoin de moi !

Grand-Mère Grace s'assit à la table de la cuisine, bouche bée. Pendant qu'elle triturait ses clés, toujours sans dire un mot, Sam se demanda si elle cherchait la bonne réponse à lui donner, ou bien si elle s'efforçait de contenir sa colère.

Plus sa grand-mère l'observait, plus l'irritation de Sam diminua.

— Je suis désolée, finit-elle par marmonner.

— Non, tu as en partie raison, ma chérie. Cela n'excuse pas ton insolence, mais tu as bien fait de parler.

— Je suis vraiment désolée, répéta Sam.

— J'aurais sans doute dû vérifier avec toi avant d'accepter, mais tu as toujours été prête à partir en croisade pour la défense des chevaux. Est-ce que ce n'est plus le cas ?

— Si ! s'écria Sam. Rien n'a changé !

« Comment puis-je être si sotte ? » se lamenta Sam intérieurement. Depuis deux jours, elle se demandait par quel moyen retourner au ranch des Cerfs pour y revoir le Fantôme. Et maintenant que sa grand-mère lui en donnait l'occasion, elle tordait le nez.

— Je sais que le travail chez Trudy ne sera pas facile. Si j'ai accepté son offre, c'est parce que tu t'inquiétais du sort de ses chevaux. Je me suis dit que ce serait une bonne façon de veiller sur eux.

Sam hocha vigoureusement la tête en signe d'approbation.

— Quant à Brynna, le problème est qu'elle est obligée de retourner à Washington, poursuivit Grand-Mère Grace.

Sam se sentit submergée par un raz-de-marée de sentiments mêlés. Elle avait apprécié, et respecté Brynna, jusqu'au jour où celle-ci avait noué une liaison avec son père. Depuis, Sam ne savait plus quoi penser.

— Elle sera absente deux semaines, reprit Grand-Mère Grace. Avant son départ, elle aimerait bien que tu l'aides à régler un détail ou deux.

— Quel genre de détails ?

— Certains des chevaux qu'elle a dans ses corrals ont été jugés inaptes à l'adoption.

Là-dessus, Grand-Mère Grace se dirigea vers la porte. Sans hésiter, Sam la suivit. Elle ne pouvait se résoudre à abandonner des animaux en danger.

— Ils ne vont probablement pas les remettre en liberté, supputa Sam.

— Après la sécheresse et les inondations qu'on a eues, j'en doute effectivement, acquiesça Grand-Mère Grace en montant dans sa Buick qui ressemblait à un paquebot. Les prairies sont en si mauvais état qu'ils ne veulent certainement pas les épuiser en y faisant paître encore plus d'animaux.

— Inaptes à l'adoption, dis-tu ? répéta soudain Sam tandis que sa grand-mère prenait la direction du pont pour sortir du ranch. Que fait-on des chevaux dans ces cas-là ?

— Eh bien, ma chérie... commença Grand-Mère Grace d'une voix douce, autrefois, on les abattait.

Sam n'était jamais allée en voiture avec sa grand-mère au Centre des chevaux sauvages de Willow

Springs. Cette expérience lui fit apprécier la conduite de Jake. Bien qu'il n'ait obtenu son permis de conduire que quelques mois plus tôt, sa façon de manœuvrer un véhicule avait paru à Sam beaucoup plus souple que celle de Grand-Mère Grace.

— Regarde-moi cette route ! s'exclama celle-ci. On peut à peine éviter les ornières ! lança Grand-Mère Grace en zigzaguant de gauche à droite sur un revêtement semblable à du velours côtelé dur comme pierre.

— Hum, hum... marmonna Sam.

Comme la Buick avançait lentement, les dents de Sam ne risquaient pas trop de s'entrechoquer. Au niveau du Chas de l'aiguille, la route se transforma en une voie étroite flanquée de ravins escarpés. Grand-Mère Grace ralentit encore.

Sam regarda sur sa gauche le versant qui descendait à pic vers la vallée. Une fois, montée sur Caïd, elle avait dévalé les sentiers des antilopes qui le quadrillaient, le Fantôme galopant à ses côtés.

Sam sentit des pleurs lui nouer la gorge. L'étalon lui manquait.

— Tu as vu comme la Charla est basse en ce moment ? fit remarquer Grand-Mère Grace tout en s'approchant dangereusement du bord pour mieux voir la rivière en contrebas. À peine plus qu'une traînée d'escargot.

Sam hocha la tête en signe d'approbation, tout en espérant que sa grand-mère ne se tourne pas entièrement vers elle pour tenter de comprendre la raison de son silence.

Finalement, une fois le défilé passé, la route redescendit et les nombreux enclos du Centre de Willow Springs s'étendirent sous leurs yeux. Quelques nouveaux chevaux, probablement capturés pour leur protection au moment des inondations, s'effarouchèrent et s'éloignèrent de la barrière en troupeau serré tandis que la Buick de Grand-Mère Grace approchait des pick-up blancs garés devant le bâtiment administratif du Bureau de gestion.

Sam était impatiente de descendre de voiture. Avant même qu'elle n'ait ouvert sa portière, elle avisa Brynna Olson. Vêtue de son uniforme kaki, sa natte de cheveux roux se balançant dans le dos, la jeune femme se dirigeait vers elles.

Tout en l'observant, Sam se dit à contrecœur que Brynna Olson avait beaucoup de qualités. Elle était intelligente, efficace, et elle était la seule adulte que Sam connaissait à se soucier du sort des mustangs. Pourtant...

Sam se rappelait sa première visite à Willow Springs. Elle avait tout d'abord ressenti de la colère, car elle pensait que Brynna flirtait avec son père. Puis elle s'était persuadé que ses minauderies avaient pour seul but de convaincre son père d'adopter un mustang et que, si ce dernier souriait en retour, c'était précisément parce qu'il considérait la manœuvre comme une vaste plaisanterie.

Depuis, Sam avait révisé sa position.

Brynna et son père n'avaient absolument pas plaisanté. Ils étaient instantanément tombés sous le charme l'un de l'autre. En fait, si Sam avait cru à ces sornettes, elle aurait dû admettre qu'elle avait été le témoin d'un coup de foudre.

Chapitre 5

Sam descendit de la Buick et fit claquer la portière de manière excessive. Puis elle croisa les bras sur sa poitrine et fixa son regard sur les mustangs enfermés dans les corrals de l'autre côté du parking.

Elle était bien décidée à ignorer Brynna et sa gaieté, mais le visage couvert de taches de rousseur de celle-ci ne fit que s'illuminer.

— Sam, Grace, ravie de vous voir ! leur lança-t-elle.

Grand-Mère Grace la serra dans ses bras, et le moral de Sam continua de baisser. Des accolades maintenant. La situation était pire qu'elle ne le pensait. Son seul soulagement était que Brynna n'avait apparemment pas l'intention de s'y essayer avec elle. À tout hasard, Sam recula d'un pas.

Le sourire de Brynna s'évanouit. Un voile de confusion assombrit son visage.

— Sam, dit-elle alors d'un ton soudain formel, j'aimerais que tu observes quelques chevaux pour moi.

— Les inaptes à l'adoption ? Grand-Mère Grace m'a expliqué. Est-ce qu'on va les abattre ?

— Le Bureau de gestion n'abat pas des chevaux en bonne santé, lui répondit Brynna. Mais ces chevaux-là m'inquiètent.

Le vent souleva un tourbillon de poussière. Brynna le contourna, suivie de Grand-Mère Grace et de Sam. Elle s'arrêta devant un enclos abrité du soleil par un mur de balles de foin empilées. Une dizaine de chevaux s'y trouvaient.

Aussitôt, Grand-Mère Grace laissa échapper un souffle d'étonnement.

— On ne peut pas dire qu'ils fassent envie. Personnellement, j'aurais bien du mal à payer un bon prix pour l'un d'eux.

Sam s'accouda à la barrière et étudia les animaux. À son grand désarroi, sa grand-mère avait raison.

Ces bêtes ne ressemblaient pas à des mustangs. Le pelage luisant, l'air bien nourri, voire trop, ils paraissaient blasés et totalement indifférents à la présence humaine. Le groupe incluait un noir, deux *paints*, et plusieurs bais et alezans.

— Ce qui est le plus surprenant chez eux, c'est leur âge et leurs défauts de conformation, jugea Brynna.

Bien malgré elle, Sam ne pouvait qu'approuver.

Une jument baie avait une encolure greffée à l'envers visiblement trop faible pour supporter la tête. Les balzanes blanches haut chaussées d'un grand bai ne faisaient que mieux montrer les jarrets coudés de ses postérieurs. Les oreilles du noir restaient collées en arrière comme s'il était à jamais de mauvaise humeur, et les cicatrices sur ses postérieurs suggéraient qu'il avait tapé, ou reçu des coups de sabot, maintes fois. Le plus petit des *paints* était couvert de petits boutons du garrot jusqu'à la queue comme si un essaim d'abeilles s'était abattu sur lui. Quant au plus grand, il avait un ventre énorme, ce qui ne laissait aucun doute sur celui qui mangeait le plus de tous.

Sam se demanda lequel elle aimerait adopter. Le choix ne lui fut pas facile.

L'alezan brûlé n'avait pas une trop mauvaise allure. Il levait haut les membres, comme un étalon, et les autres s'effaçaient sur son passage, mais son chanfrein démesurément busqué lui donnait l'air d'un dinosaure féroce.

Par contre... Sam se déplaça de quelques pas le long de la barrière. Et cette alezane ? Les oreilles alertes et les yeux vifs, la jolie petite jument avait des épaules couleur cannelle drapées d'une crinière de lin semblable à du miel.

— Elle est magnifique, murmura Sam. Je n'arrive pas à croire que personne ne veuille l'adopter.

Alors qu'elle pointait le doigt vers elle pour montrer à Brynna et à Grand-Mère Grace de qui elle parlait, la pouliche s'approcha. Aussitôt, Sam eut mal pour elle. Ses genoux tournaient vers l'extérieur. Son allure en était si bancale que Sam redouta qu'elle ne tombe.

— Elle est jeune, lui dit Brynna. Il est possible que ses antérieurs se redressent ou qu'une opération résolve le problème. C'est une petite beauté. En plus, elle est curieuse de tout et elle a envie d'apprendre... Mais personne ne veut courir le risque de l'adopter, ajouta Brynna lentement en secouant la tête.

— Ils ont tous été capturés dans la région ? demanda Grand-Mère Grace.

— Non. Ils viennent de partout, de l'Oregon, de la Californie, il y en a même des alentours de Las Vegas. Seul le grand *paint* est d'ici. Et encore, on me l'a amené avec un groupe capturé dans le désert de Smoke Creek, expliqua Brynna en indiquant le sud de la main. Ces bêtes sont traînées d'un centre d'adoption à un autre depuis un bon moment, reprit-elle avec la voix d'une femme d'affaires, mais en agitant doucement les doigts vers la petite jument pour l'encourager à s'approcher d'elle.

— C'est pour cela qu'ils sont si soumis ? lui demanda Sam.

Brynna fit oui de la tête.

— On les a fait monter et descendre de vans, on les a entassés les uns sur les autres, nourris à la main. Certains sont en captivité depuis plus d'un an. Quand ils partiront la semaine prochaine, ce sera pour un énorme pâturage situé dans le Midwest où ils finiront leur vie.

— Ce n'est pas si mal, commenta Grand-Mère Grace. En revanche, je ne suis pas sûre d'apprécier le fait que mes impôts financent une maison de retraite pour chevaux.

— Vous n'êtes pas la seule à avoir cette réaction, reconnut Brynna.

Pendant que Brynna et Grand-Mère Grace entamaient une conversation sur l'aspect financier du problème, Sam regretta de ne pouvoir libérer ce troupeau de handicapés. S'ils avaient pu courir à leur gré depuis leur plus jeune âge, ils auraient eu l'air bien différents. Mais ils ne galoperaient probablement plus jamais dans la grande prairie. Ils passeraient le reste de leur existence à paître, aussi placides que des vaches laitières.

Lorsque Sam se retourna, Brynna et sa grand-mère avaient cessé de parler. Brynna glissa un regard triste vers son bureau et réussit à balbutier :

— Je serai à Washington pendant deux semaines. Je vais y enchaîner les réunions. C'est Norman White qui me remplacera ici. Ce n'est pas...

Brynna s'arrêta, comme si elle voulait tourner sa langue sept fois avant de parler pour rester professionnelle.

— ... ce n'est pas un expert en chevaux, finit-elle par dire. Et je me demande quelles décisions il prendra en mon absence.

Intriguée, Sam observa Brynna se balancer d'un pied sur l'autre, s'éclaircir la voix. Pourquoi était-elle si mal à son aise ?

Sam passa en revue tout ce que Brynna leur avait expliqué depuis leur arrivée, et soudain, son esprit s'arrêta sur une phrase : *Le Bureau de gestion n'abat pas les chevaux en bonne santé.*

Brynna craignait-elle que ce Norman White ne juge pas sain le troupeau qu'elle avait sous les yeux ? La conversation que Brynna et sa grand-mère avaient eue lui fournit la réponse : l'argent.

Norman White essaierait peut-être d'économiser l'argent public en faisant abattre des chevaux âgés ou souffrant de défauts de conformation. Non seulement une telle décision serait cruelle, mais elle serait injuste. Ces chevaux étaient sauvages. Ils n'avaient pas été élevés pour répondre à des normes édictées par l'homme.

— Comment est-ce que je peux vous aider ? demanda Sam.

— Connais-tu des gens qui seraient prêts à les prendre ? lui répondit Brynna sans beaucoup d'espoir dans la voix.

— C'est tout ? rétorqua Sam.

Assurément, Brynna ne l'avait pas fait venir jusque-là pour cette maigre raison.

— Je croyais que vous aviez besoin de moi pour mettre en place un plan d'action.

L'air désemparé, Brynna fit non de la tête.

— Je n'ai pas d'autre idée, et je n'ai plus le temps.

Sam s'efforça d'observer à nouveau les chevaux en détail.

Si elle avait été millionnaire, elle les aurait adoptés sur-le-champ, les aurait placés dans un grand pâturage et aurait espéré les voir retrouver leur nature sauvage. Elle connaissait bien un millionnaire, mais il ne les aiderait jamais. Tout ce que Linc Slocum possédait était beau et cher. Ces pauvres chevaux n'étaient ni l'un ni l'autre.

Qui alors ? Le ranch des Trois Poneys de Jake ne pourrait se permettre de nourrir douze chevaux inutiles. La famille de Jen avait été forcée de vendre ses terres et ses animaux à Slocum. Sam ne trouvait personne possédant à la fois un cœur tendre et de l'argent.

— Et le PPCC ? demanda-t-elle. Ces chevaux seraient parfaits pour le programme. La petite alezane est à moitié apprivoisée. En plus, les enfants aiment toujours les pie.

— J'ai déjà essayé, lui répondit Brynna. Ils ont des problèmes de financement. Ils ne prennent plus ni chevaux ni enfants tant qu'ils n'auront pas réglé leurs difficultés.

Sam riva son regard sur les chevaux avec tant d'intensité que leur image devint floue. Qui accepterait de prendre douze chevaux, pour la plupart vieux et laids ?

Sam se frotta les yeux.

— C'est la poussière, marmonna-t-elle à l'intention de Brynna et de sa grand-mère.

En réalité, elle ne supportait pas l'idée que ces animaux meurent.

*

Le lendemain matin, en se rendant à son casier dans le hall d'entrée de Darton High, Sam tomba sur Jake. Il avait l'air furieux et elle aurait parié que sa colère avait un rapport avec Mme Allen.

À moins qu'elle ne se trompe. Depuis son accident[1], il était d'une humeur exécrable. Il prenait la mouche pour un rien.

1. Voir *Cheval fantôme – Le cheval rebelle.*

En réalité, Jake était en lutte avec sa jambe, comme si elle avait pris vie et s'était posée en ennemi. Jake était déterminé à gagner la guerre.

Sam réprima un sourire. Peu de garçons se déplaceraient en boitillant la jambe prisonnière d'un plâtre, sans béquilles, et bien longtemps avant la date prévue de la guérison.

Cela demandait à Jake de gros efforts. Ce matin-là, ses cheveux noirs ne ressemblaient pas aux chevelures lissées des guerriers Shoshone. Plusieurs mèches s'étaient échappées de la lanière de cuir qui les retenait. Le tee-shirt bleu qu'il portait par-dessus son jean était froissé. Enfin, il portait des tennis, car son plâtre l'empêchait d'enfiler des bottes.

S'il y avait une chose que Jake détestait plus encore que les tennis, c'était la compassion. Sam s'abstint donc de le materner.

Jake la regarda, les sourcils froncés, et Sam comprit que c'était elle qu'il allait accuser.

— Ce n'est pas ma faute, s'empressa-t-elle de se défendre tout en composant le code secret de son casier.

— Ben tiens... gronda Jake.

— D'accord, admit-elle. D'une toute petite façon, ça l'est. Mais ne me dis pas que tu aurais permis que ces chevaux continuent de se promener seuls à la recherche de nourriture.

— Tu paries ?

— Je ne te crois pas, répondit Sam en levant les yeux au plafond pour bien montrer qu'elle ne se laissait pas prendre par son sarcasme.

Ses livres sur la hanche, elle claqua la porte de son casier.

— En plus, ça te fera du bien de travailler. Depuis que tu ne peux plus faire de cheval, tu es épouvantable et plus personne ne peut te supporter.

À peine la pique envoyée, Sam se mordit les lèvres. Elle y était peut-être allée un peu fort.

— Et alors ? dit Jake sans changer d'expression.

Néanmoins, il regarda discrètement par-dessus son épaule. Il ne l'aurait jamais admis, mais il fut visiblement rassuré de constater la présence de ses amis non loin de là. L'un d'eux, un individu nommé Darrell, les yeux plissés, lui adressa un signe de tête.

— Et alors... reprit Sam, tu as toujours adoré me donner des ordres.

— Le problème n'est pas là, marmonna Jake. Je préférerais travailler pour ton père ou m'occuper du dressage de Petit Ours.

Petit Ours était le bashkir curly[1] que Jake montait le jour de tempête où il avait eu son accident.

1. Le bashkir curly américain est un petit cheval aux poils frisés, élevé aux États-Unis. Certains disent qu'il descend du bashkir, poney russe élevé par les Bashkir, anciens nomades qui se sont fixés dans le sud de l'Oural.

Lorsque Petit Ours avait perdu l'équilibre, il avait entraîné Jake dans sa chute, écrasant sa jambe contre la berge, dure comme du roc, de la rivière asséchée qu'ils parcouraient[1].

— Mon père m'a dit que M. Martinez était très impressionné par les progrès que tu as fait faire à Petit Ours.

Sam observa Jake avec attention. Il était clair à son expression qu'il regrettait la décision qu'avait prise M. Martinez, le propriétaire de Petit Ours, de ramener ce dernier chez lui.

— Il m'a dit également, reprit Sam, que M. Martinez était si content qu'il vous avait payés tous les deux cent dollars de plus que prévu. Alors comment peux-tu te plaindre ?

Jake émit un grognement qui donna à Sam sa réponse. Elle était simple : l'argent ne l'intéressait pas ; ce qu'il voulait par-dessus tout, c'était passer le plus de temps possible avec des chevaux.

Sam aurait pu finir par s'attendrir sur le sort de Jake si ce niais de Darrell, un sourire narquois aux lèvres, n'était pas venu mettre son nez dans leur conversation privée.

— D'accord, d'accord. Qu'est-ce qu'on est censés faire ? demanda Jake, qui ne s'était pas rendu compte de la présence de son ami.

1. Voir *Cheval fantôme – Le cheval rebelle*.

À l'expression de Sam, il tourna la tête, et Darrell prit aussitôt une attitude sérieuse et respectueuse.

— Je n'en sais rien, rétorqua Sam, qui ne voulait pas parler devant l'intrus.

Elle s'apprêtait à les laisser tous les deux sur place pour aller en cours, lorsqu'elle remarqua l'expression de Jake. Il avait un tel air de victime incomprise que Sam ne voulut pas passer pour cruelle.

— L'endroit n'est pas du tout entretenu, lui expliqua-t-elle. Tout doit être repeint et il doit bien y avoir quatre-vingts kilomètres de clôture en mauvais état.

Jake laissa échapper un gémissement, mais Sam s'y attendait. Tous les cow-boys détestent réparer les clôtures.

— Il ne me tarde pas d'y aller non plus, poursuivit Sam.

Toutefois, elle se rendit compte que la plainte de Jake n'avait rien à voir avec la clôture. Il observait Jen.

Elle s'approchait d'eux, ses nattes blondes se balançant au rythme de son pas nonchalant, vêtue d'un jean jaune à vous brûler la rétine, alors que ses baskets montantes et sa chemise noires étaient assorties à ses lunettes à monture foncée. Elle souriait comme une tigresse, pour le plus grand malheur de Jake. Jen et lui ne s'appréciaient pas plus que Sam et Darrell.

— Jake ! reprit Sam en claquant des doigts pour capter son attention. Il faut qu'on le fasse. Si réparer cette clôture permet de sauver ne serait-ce qu'un cheval d'un accident sur la route...

— Arrête ! S'il te plaît, arrête ! lança Darrell en se jetant dans la conversation.

La première sonnerie d'appel retentit, et Darrell se serra la poitrine avec les mains.

— Tu me fends le cœur ! s'écria-t-il.

Décidément, Sam ne supportait pas ce garçon. Ne comprenait-il donc pas que certains sujets ne prêtaient pas à la plaisanterie ? Comme celui de chevaux mal nourris.

— Darrell, tu n'es qu'un...

— Viens, Sam, dit soudain Jen en poussant son amie vers la salle d'histoire.

Un peu plus loin, toutes deux durent contourner Rachel Slocum. La princesse de Darton High portait une jupe en cuir noir dans laquelle elle pouvait à peine marcher, mais qui ne lui coupait apparemment pas la respiration pour parler avec son petit ami, Kris Cameron, au beau milieu du couloir bondé où elle bloquait le passage.

Kris Cameron était sans conteste le garçon le plus séduisant de tout le lycée et, si son amour obsessionnel pour Rachel n'avait pas été une indication de son

QI, Sam l'aurait trouvé parfait. En réalité, ses larges épaules et son aura de meilleur *quarter-back* de l'équipe de football américain compensaient presque son manque évident de jugeote en matière de filles.

Sam cligna des yeux pour se réveiller de sa rêverie et se retourna pour voir si Jake était encore là. Il l'était.

— Je t'attends au tournant ! lui cria-t-il.

— Dans tes rêves ! hurla Sam en retour.

— C'est exactement ce dont je voulais te parler.

Sam sursauta. Son professeur d'histoire se tenait à l'entrée de sa salle. Mme Ely était aussi la mère de Jake, mais elle se tint à l'écart de la joute entre son fils et Sam. Cette dernière en déduisit que Mme Ely savait comme tout le monde à quel point Jake pouvait être agaçant.

— Vous voulez parler de mes rêves ? s'étonna Sam.

— De rêves, de célébrité, de réussite, tout ce que tu veux, lui répondit Mme Ely. Il reste un peu de temps avant le début du cours, pourquoi ne viens-tu pas me voir dans mon bureau ?

Sam suivit Mme Ely jusqu'au fond de la classe, dans le petit réduit qui faisait office de bureau. Là, Mme Ely lui remit une enveloppe en papier kraft fermée.

— C'est le formulaire de participation au concours de la Magie de la nuit.

Depuis des mois, Mme Ely et M. Blair, le professeur de journalisme, poussaient Sam à s'inscrire à ce concours de photographie.

Sam avait fait une superbe photo d'un étalon cabré avec la lune en toile de fond[1]. Malheureusement, un journal local l'avait publiée, ce qui l'avait disqualifiée pour le concours.

— La date de clôture va vite arriver, alors dépêche-toi de trouver un sujet, lui conseilla vivement Mme Ely. Si Wyatt ou Grace font des difficultés pour te laisser sortir quand il fait nuit, dis-leur de m'appeler. J'offrirais bien de t'envoyer mon fils, mais...

Mme Ely s'interrompit.

Ses yeux observaient la porte de son bureau. Pas tout à fait fermée, celle-ci avait bougé d'un millimètre à peine. Mme Ely se pencha discrètement et l'ouvrit d'un coup en grand, révélant une jupe de cuir noir.

1. Voir *Cheval fantôme – Un mustang dans la nuit.*

Chapitre 6

— Rachel ? demanda Mme Ely.

Rachel surpassait tout le monde lorsqu'il s'agissait de rester calme et décontractée, même quand on la prenait la main dans le sac.

— Oh, madame Ely, je voulais savoir si ce devoir à faire sur l'Égypte ancienne était à rendre aujourd'hui, répondit Rachel avec un froncement de sourcils qui simulait la plus grande sincérité.

Sam ne crut pas une seconde à son manège. À en juger au ton de Mme Ely, elle non plus.

— Oui, Rachel, lui répondit-elle.

— D'accord, je voulais juste m'en assurer.

C'est alors que la sonnerie de rappel retentit. La première heure de cours devait commencer. Rachel adressa un sourire fraternel à Sam pour qu'elle n'oublie pas de vite rejoindre sa place comme elle.

Sam leva l'enveloppe en signe de promesse.

— Merci, dit-elle à Mme Ely.

Rachel ne manqua pas de remarquer ce petit geste et s'attarda, dans l'espoir évident de découvrir le contenu de cette pochette mystérieuse. Sam se contenta d'aller s'asseoir, en se disant que si jamais Darton High comptait parmi ses membres une élève plus fouineuse que Rachel, elle ne voulait surtout pas la rencontrer.

Sam ne s'expliquait pas que la fille de Linc Slocum se mêle tant des affaires des autres. Pourquoi s'intéresser à la vie des élèves de sa classe, alors que la sienne relevait littéralement du conte de fées ? Elle pouvait se payer chacun de ses caprices. Elle voyageait dans le monde entier. Sa mère possédait un haras en Angleterre, et son père un ranch pourvu d'installations plus luxueuses qu'un centre de thalassothérapie. Quelle autre existence pouvait avoir plus de charme que celle de Rachel ?

Sam refoula ces pensées et commença à prendre des notes sur le cours de Mme Ely. Bientôt rattrapée par la curiosité, elle ouvrit discrètement l'enveloppe, puis glissa la brochure qui s'y trouvait sous son cahier pour pouvoir y jeter un coup d'œil de temps en temps.

Le concours de la Magie de la nuit avait pour but d'encourager les photographes amateurs à exercer leurs talents dans la pénombre.

Sam repensa à la nuit où elle avait vu le Fantôme et ses juments. Leur beauté l'avait émerveillée, mais avait-elle réellement envie de partager cette vision de rêve ?

Elle leva la tête. De l'autre côté de la salle, Rachel l'observait. Sam roula des yeux blasés, tout en se demandant à nouveau pourquoi Rachel — qui prenait ce cours d'histoire de première année alors qu'elle était en seconde — ne prêtait aucune attention à Mme Ely. Pourtant, si elle se trouvait là, c'est qu'elle avait probablement échoué à son premier examen, et la mère de Jake ne la laisserait pas passer au niveau supérieur uniquement parce qu'elle était célèbre ou que son cher petit papa avait de l'influence.

Soudain, les yeux de Sam croisèrent ceux de Mme Ely. Oh, non ! Ce n'était pas non plus parce que Mme Ely l'aimait bien qu'elle lui ferait des cadeaux. Sam fit rapidement disparaître sa brochure sous son cahier.

Elle avait enfin réussi à se concentrer sur Isis, Toutankhamon et les procédés de momification, lorsque son esprit dériva vers le ranch des Cerfs et que le Fantôme revint au centre de ses pensées.

Juste de l'autre côté de la colline, derrière le ranch, après une série en montagnes russes de canyons et de ravins, s'étendait le désert. Sam se représenta les vastes espaces d'alcali, au clair de lune, avec des chevaux sauvages disséminés ici ou là.

Si elle parvenait à matérialiser cette représentation sous la forme d'une photographie, elle remporterait certainement le concours. Et avec un peu de chance, la somme d'argent remise comme prix correspondrait à celle qui lui était nécessaire pour sauver les chevaux inaptes à l'adoption.

Après l'école, Sam et Jen émergèrent du bâtiment au milieu de centaines d'autres élèves. À la vue du pick-up de son père dans le parking de Darton High, Sam s'arrêta si brusquement qu'elle provoqua une bousculade.

— Pardon, balbutia-t-elle à tous ceux qui finirent par la dépasser.

Elle était inquiète. Qu'était-il arrivé ? Même quand elle était petite, elle prenait l'autobus pour rentrer de l'école. Son père n'était jamais venu la chercher.

— C'est ton père ? lui demanda Jen.

— Oui.

— Tu savais qu'il venait ?

— Non. Je me demande ce qu'il veut, répondit-elle d'un air détaché qui la surprit elle-même. Tu veux m'accompagner ?

— Certainement pas. Mon expérience me dit que quand les parents agissent bizarrement, en général, c'est mauvais signe.

— Je n'ai rien fait de mal.

Jen passa son bras sur l'épaule de Sam, la serra d'un geste tendre et amical, puis lui murmura :

— Tu ne le penses peut-être pas pour l'instant, mais tu n'es pas la seule source d'embarras dans ce monde, voire dans ta famille...

— C'est vrai, apprécia Sam en adressant à son amie un sourire crispé. À plus tard.

— Appelle-moi ! lança Jen en courant vers l'autobus.

— D'accord ! lui répondit Sam en lui faisant un signe de la main.

Elle laissa échapper un soupir, puis se dirigea vers le pick-up de son père.

— Que se passe-t-il ? lui demanda-t-elle en ouvrant la portière.

Elle s'installa et attacha sa ceinture de sécurité, tout en remarquant que son père avait posé son Stetson à côté de lui sur le siège craquelé. Puis elle vit son sourire.

— Rien. Je n'ai plus le droit de venir chercher ma fille au lycée ?

— Si, mais... tu ne l'as jamais fait. Qu'est-ce qui t'amène ici ?

— J'avais un rendez-vous chez le dentiste, s'esclaffa le père de Sam en sortant du parking.

— Ah, je comprends mieux, répondit Sam tout en continuant à l'observer avec suspicion du coin de l'œil.

— J'en ai profité pour t'acheter des gants de travail. Ceux que tu as suffisent pour faire du cheval, mais pas pour les réparations que tu vas devoir effectuer chez Trudy Allen. Tu risquerais de te couper.

« Si lui pense que ça va être dur, ce le sera vraiment », se dit Sam.

— Merci, dit-elle à son père. Tu sais, je m'inquiète au sujet de Soleil Noir. Quand est-ce que je vais pouvoir lui faire faire de l'exercice ? Est-ce qu'elle ne risque pas de régresser si je ne m'occupe plus d'elle ?

— On va trouver une solution.

Sam essaya de déchiffrer la réponse de son père. Certes, c'était un homme bon, mais il n'avait pas beaucoup de patience lorsqu'il s'agissait de mustangs. Surtout en ce moment, à la saison des sécheresses, il maugréait constamment qu'ils consommaient la nourriture et l'eau du bétail.

Bien qu'il ait accepté que Soleil Noir soit placée sous sa responsabilité dans le cadre du PPCC, Sam savait qu'il considérait son dressage moins important que l'aide à apporter à un voisin en difficulté.

Toutefois, il n'en dit rien. Bien au contraire, il lança soudain :

— Tu veux t'arrêter chez Clara avant d'aller chez Mme Allen ?

Sam ne pouvait penser à un repas à Alkali sans avoir aussitôt l'eau à la bouche. Clara servait des hamburgers de la taille d'un cédérom, accompagnés de frites croustillantes, et du meilleur gâteau renversé au chocolat du monde – une bannière défraîchie tendue sur l'un des murs de la pièce l'annonçait d'ailleurs en ces termes.

Sam tenta néanmoins de réagir en adulte, et non comme une gourmande invétérée.

— Est-ce que tu es sûr que j'ai le temps ? demanda-t-elle calmement, les doigts croisés.

— J'ai envoyé Ross et Piment désherber le plus gros pour t'avancer un peu, lui répondit son père.

« C'est bien les cow-boys, ça. Ils n'auraient surtout pas réparé la clôture pour nous », songea Sam. Il n'en restait pas moins qu'elle était reconnaissante.

— En ce cas, je veux bien m'arrêter, décida-t-elle enfin.

Ils poursuivirent la route en silence dans le pick-up secoué par des rafales. Le vent ne dérangeait pas Sam. Indifférente aux éléments, elle se cala confortablement contre la portière et, satisfaite, observa le paysage. Elle connaissait chaque kilomètre entre Darton et le Méandre. Les collines couleur de sable roulaient doucement de la route jusque vers les montagnes. Le vert des peupliers de Virginie délimitait le cours des ruisseaux qui dévalaient des monts Calico.

Absolument tout pouvait se fondre dans ce paysage sauvage et y disparaître. Selon les dires de Grand-Mère Grace, la mère de Sam redoutait pardessus tout que cette dernière ne se perde dans la prairie avant d'être en âge de revenir d'elle-même.

Sam se souvenait que, toute petite, elle avait entendu quelqu'un — elle avait oublié si c'était son père, sa grand-mère, ou sa mère — la menacer d'une fessée si elle quittait le ranch.

Désormais, Sam comprenait mieux pourquoi on n'avait pas voulu qu'elle s'éloigne. Même par beau temps, il serait ardu de retrouver une enfant dans cette immensité. Dans une tempête de neige, Sam aurait été perdue à jamais.

Elle frissonna. Depuis le début de l'année qui s'achevait, elle était partie à la recherche de chevaux sauvages de nombreuses fois. Elle en était toujours revenue. Elle espérait que sa mère pouvait voir, de là où elle se trouvait depuis sa mort, que son bébé Samantha avait grandi et appris à surmonter les difficultés.

Sam sortit de sa rêverie en entendant les pneus du pick-up crisser sur du gravier. Son père se garait dans le parking de *Chez Clara*. À l'intérieur, ils commandèrent un hamburger et une portion de frites pour deux.

— Sinon, tu n'aurais plus faim pour le dîner, expliqua le père de Sam.

— Je ne veux pas vexer Grand-Mère Grace une deuxième fois, répondit Sam en grimaçant d'embarras au souvenir de sa grand-mère l'attendant pour manger, alors qu'elle s'attardait sur la colline derrière la maison de Mme Allen. Non seulement sa grand-mère s'était inquiétée, mais elle avait dû ensuite préparer un repas spécial pour Sam.

— Elle a compris, la rassura son père en tapotant une frite dans du sel et en la reposant sans même en prendre une bouchée. Il faut que je te dise quelque chose au sujet de Brynna, ajouta-t-il alors sans autre préambule.

« Nous y voilà », songea Sam. Ses poings se fermèrent et ses épaules se raidirent. Elle avala de travers le morceau de hamburger qu'elle mâchait. Secouée par la toux, elle but une gorgée de soda et finit par se calmer.

— Ce n'est pas la fin du monde, lui dit son père.

Pour quelle raison souriait-il de la sorte ? Et s'il lui annonçait que Brynna et lui allaient se marier ? Pourquoi les adultes ne prenaient-ils jamais leur temps ? Sortir ensemble et se passer la bague au doigt étaient deux choses totalement différentes. « Le mariage… il n'y a rien de pire que ça », se dit Sam.

À moins qu'ils ne soient allés se marier en secret ?

Sam jeta un coup d'œil rapide vers la main gauche de son père. Elle était brunie par le soleil, marquée par des années de labeur, mais merveilleusement dépourvue de bague.

— Je souhaite que tu saches pourquoi elle doit aller à Washington cette semaine, reprit son père. Tiens, tu peux le finir, ajouta-t-il en pointant le menton vers le hamburger.

Sam se remit à manger, comme un automate.

— C'est au sujet des mustangs ? demanda-t-elle alors.

— Ouais, lui répondit son père en croisant les mains. Un de ses supérieurs, tout en haut de la hiérarchie, aurait entendu dire que Brynna était un peu trop proche des « gens du coin ». Ils ont peur qu'elle se serve de sa position pour... hum... leur faire plaisir.

Sam ouvrit la bouche, puis la referma. Brynna s'était toujours comportée de façon professionnelle. Elle agissait selon ce qui lui semblait juste, que ses décisions contrarient les gens ou non.

— Les gens du coin... répéta Sam. Est-ce que tu veux dire toi et moi ?

— À mon avis, on ne sera pas fixés tant qu'elle n'aura pas vu ses patrons. Mais j'ai le sentiment que c'est toi qui es dans la ligne de mire. Elle s'est attiré l'inimitié de plusieurs propriétaires de ranchs.

— Quel rapport font-ils avec moi ?

— Certains estiment qu'elle n'aurait pas dû libérer cet étalon gris.

— Mais c'est Flick, un voleur de chevaux, qui l'avait capturé ! Il ne faisait pas partie d'un groupe attrapé par le Bureau de gestion.

— Peu importe...

— Est-ce que tu connais l'homme qui va la remplacer ? Norman je ne sais plus quoi ?

— Je ne suis au courant que de ce qu'elle vous a dit, à ta grand-mère et à toi.

— Arrête, papa. Je suis sûre qu'elle t'en a parlé plus qu'à nous.

— Pas du tout, trancha le père de Sam d'un ton sec. Bon, il faut qu'on y aille.

Ce disant, il se leva et prit son porte-monnaie dans sa poche.

— Ce n'est pas par paresse, lança Sam à son père en repartant vers le pick-up, mais j'aimerais bien ne pas aller travailler chez Mme Allen.

— Pourquoi ? Si ce n'était pas chez elle, ce serait à la maison. Tu as peur que Jake te donne des ordres ?

— Ça, j'en ai l'habitude... maugréa Sam.

— Ne me dis pas que tu as encore peur des chiens de Trudy Allen ?

Sam respira profondément.

— Papa, je n'ai pas peur des chiens, tu le sais bien. Mais quand je suis allée chez elle l'autre jour, ils se jetaient contre sa porte comme des bêtes enragées. Ça ne leur aurait pas déplu de planter leurs crocs dans mes jambes.

— Ma chérie, ces deux chiens sont des terriers de Boston. Ils sont à peine plus gros que des poules !

Sam eut un petit rire.

— Et ils s'appellent Puce et Ange, ajouta son père. Juste pour le cas où tu aurais besoin de leur dire de se calmer...

Quand Sam arriva au Méandre avec son père, Caïd hennit. Wyatt Forster déposait sa fille devant la porte de la maison à l'heure précise où elle serait arrivée en ayant pris l'autobus de l'école.

Sam se sentait lourde et peu vaillante, mais elle alla enfiler ses vêtements de travail. En boutonnant sa chemise à carreaux en flanelle, elle décréta qu'elle serait heureuse de travailler avec Jake. Quand ils étaient seuls, il était gentil. En outre, le chemin qui menait au ranch des Cerfs permettrait à Caïd un beau galop, et pour l'avoir entendu hennir, Sam savait que le hongre était prêt. Sans compter que les chevaux de Mme Allen seraient ravis de sa compagnie.

Et qui sait, peut-être... peut-être... le Fantôme descendrait-il des monts Calico. Elle se concentrerait sur cet espoir, et non sur cette méchante Mme Allen et sa clôture aux montants en fers de lance.

CHAPITRE 7

Lorsque Sam arriva, montée sur Caïd, Calico, Poil de Carotte et Juge les accueillirent avec force hennissements près de la barrière du corral. Sur les cinq cents derniers mètres de l'allée qui menait à la maison, Caïd s'était rebellé, avait pris le mors aux dents, tirant à droite et à gauche, prêt à s'élancer au galop. Sam l'en avait empêché, mais elle était heureuse de le voir si fringant.

Jake l'avait devancée au ranch des Cerfs, et il n'était pas seul. Deux de ses frères – Nate et Brian d'après ce que Sam voyait – travaillaient déjà sur une longueur de clôture avec l'efficacité d'une machine.

— Ce n'est pas trop tôt, grommela Jake.

Sam mit pied à terre et conduisit Caïd au corral.

— Je me demande bien ce que je ferais, dit-elle, feignant le désespoir, si un jour tu faisais semblant d'être heureux de me voir.

Le demi-sourire narquois de Jake lui fit comprendre qu'il n'avait absolument pas mauvaise conscience.

— Je t'ai vue à l'école, dit-il simplement.

— Merci, je le sais.

Sam ouvrit le portail du corral et remarqua qu'on l'avait réparé.

— Si tu veux jouer les martyres, reprit Jake, surtout ne te gêne pas parce que Nate et Brian ont déjà redressé une dizaine de piquets. Il ne nous reste plus qu'à tendre les fils barbelés, mais ils ont tellement d'avance sur nous qu'on ne les rattrapera jamais.

Les yeux plissés dans le soleil de cette fin d'après-midi, Jake tourna la tête vers ses frères qui s'affairaient à creuser, puis à combler les trous.

— Et tu peux être sûre qu'ils ne vont pas se gêner pour te le rappeler.

— Je me dépêche ! lança Sam tout en débridant Caïd pendant que Calico, Poil de Carotte et Juge s'approchaient et le poussaient du bout du nez avec des petits coups impatients. Regarde comme Caïd s'entend bien avec les chevaux de Mme Allen, reprit Sam. Pourquoi est-ce qu'au ranch les autres le rejettent et qu'ici c'est une star ? demanda-t-elle en gratifiant le bai d'une dernière petite caresse.

Outre la marque au fer réalisée par le gouvernement sur son encolure, Caïd portait plusieurs cicatrices. Le poil lustré de sa croupe avait subi les coups de dents de Fraise et les coups de sabot de Tank. Seule la jument de Grand-Mère Grace, Douce, acceptait volontiers de partager un enclos avec lui.

— Jake, je suis sérieuse, pourquoi est-ce que ceux-là l'aiment bien ?

— Le spécialiste de la psychologie chevaline a fini sa journée, lui répliqua Jake en lui mettant une ceinture à outils dans les mains. J'entends déjà les sarcasmes sur la fille et le boiteux, ajouta-t-il avec un soupir.

— Tu vas chercher des problèmes où il n'y en a pas.

Ce disant, Sam fixa autour de sa taille la ceinture à outils, qui comportait un marteau, retenu par un passant, et des agrafes métalliques dans une pochette en cuir.

Il faisait encore jour. Jake et Sam se mirent donc au travail. Jake serrait les fils barbelés à l'aide d'une pince spéciale. Sam, les mains protégées dans ses nouveaux gants, enfonçait les agrafes au marteau pour maintenir les fils en place.

Au bout d'une demi-heure, Sam s'arrêta. Malgré le vent froid, des gouttes de transpiration lui tombaient du front. Elle tourna le regard vers la maison victorienne qui semblait faire la moue au centre du jardin. Le pick-up mandarine était garé devant ; Mme Allen devait donc être là.

— Vous l'avez vue depuis que vous êtes arrivés ?

— Non, répondit Jake en haussant les épaules. Pourquoi veux-tu qu'elle vienne nous voir ?

— Ce serait gentil, c'est tout. Elle pourrait nous apporter de la citronnade, enfin quelque chose à boire.

— Je ne pense pas que ce soit le genre à préparer de la citronnade, répondit Jake avec un rire sarcastique.

La nuit tombait et, de moins en moins capable de discerner quoi que ce soit, Sam finit par se donner un coup de marteau.

— Aïe !

Elle éprouva presque instantanément des élancements dans le doigt.

« Bien fait pour moi, se dit-elle. Je n'avais qu'à pas regarder la maison. »

— Quand on cherche les ennuis... dit Jake d'un air songeur.

— Peut-être, mais pourquoi veut-elle qu'on lui répare ses clôtures de toute façon ? s'insurgea soudain Sam en laissant tomber son marteau et en serrant son doigt blessé sous son bras. Elle a vendu tout son bétail !

Pour soulager du poids de son corps sa jambe cassée, Jake s'appuya contre un piquet rendu tout gris par des années de soleil et de neige.

— Parce qu'elles doivent l'être, Samantha. Sinon, une personne arrivant au galop risque de ne pas voir les fils distendus entre les piquets inclinés et de faire une chute, expliqua-t-il à Sam tout en jaugeant la clôture de l'œil pour voir si elle était droite. Ça ne se fait pas, c'est tout.

*

Le troisième jour, Sam et Jake arrivèrent au bout de leur corvée. Mme Allen n'était toujours pas sortie de chez elle pour les remercier. Le Fantôme restait invisible. Tout ce que Sam savait, c'était qu'elle prenait de plus en plus de retard à l'école, qu'elle n'avait pas eu une seule heure de libre pour faire du cheval avec Jen et qu'elle n'avait pas avancé dans son projet pour le concours de la Magie de la nuit. Elle s'impatientait.

Elle replaça son marteau dans le passant en cuir de sa ceinture à outils et, les mains sur les hanches, se tourna vers Jake.

— Je vais lui demander quelque chose à boire, annonça-t-elle.

— On a une cruche à eau dans le pick-up, lui fit remarquer Jake d'un air amusé, comme s'il savait que la soif n'était qu'une excuse pour cette expédition.

— Merci, mais je vais quand même la voir, lui rétorqua Sam en s'éloignant.

— Un moment, la môme. Pourquoi aller te chercher des ennuis ?

Sam avait cessé de tirer la langue à Jake quand il la traitait de môme. En outre, cette fois, il l'avait dit d'un ton presque affectueux. Quoi qu'il en soit, Sam continua son chemin.

Après tout, Jake et elle se comportaient en bons voisins, alors pourquoi Mme Allen ne pouvait-elle les imiter ?

— Je te parie dix contre un que tu vas revenir les mains vides, lui lança Jake.

Comme Sam ne répondait pas, il ajouta :

— Fais attention aux chiens !

Sam ignora les montants en forme de lances de la clôture. Elle souleva le loquet du portail en fer noir et attendit les aboiements.

Rien.

Le parfum des roses fanées, qui pendaient au bout de leurs branches, flotta jusqu'à Sam. Elle aurait bien aimé laisser le portail ouvert pour pouvoir s'enfuir rapidement si nécessaire, mais des années de conditionnement le lui interdirent. La courtoisie voulait que lorsqu'on trouvait un portail fermé, on le refermait derrière soi ; et que s'il était ouvert, on le laissait tel quel.

Toutefois, en rabaissant le loquet, Sam se demanda si elle ne verrouillait pas ainsi tout espoir de fuite.

Elle monta les marches du perron et frappa à la porte, toujours sans provoquer d'aboiements. Bien que le pick-up de Mme Allen n'ait pas bougé depuis trois jours, la maison semblait vide.

Sam frappa plus fort, et la porte s'entrouvrit.

À l'intérieur, il faisait sombre. Sam sentit des effluves mêlés de thé et de crème de friction mentholée. Aucune voix ne l'invita à entrer ; de toute façon, elle ne l'aurait pas fait.

— Certainement pas, marmonna-t-elle à part soi.

Elle avait vu assez de films d'horreur pour savoir qu'une maison plongée dans le silence et dont la porte était ouverte laissait présager une catastrophe.

Sam tourna les talons le plus silencieusement possible et redescendit les marches plus lentement qu'elle ne les avait grimpées. Alors qu'elle reprenait la direction du portail, le vent agita des roses trémières desséchées et porta jusqu'à elle des bruits de chiens. Ils ne jappaient pas. Leurs griffes cliquetaient sur un sol en bois.

— Ange, Puce, couchés !

La voix était celle de Mme Allen, mais elle semblait plus aimable que d'habitude.

Suivant la direction du bruit, Sam prit une allée en ciment qui contournait le côté de la maison jusqu'à un bâtiment séparé. Ce dernier était circulaire et ses fenêtres placées haut dans les murs brillaient telles des plaques d'or dans le soleil de cette fin d'après-midi.

— Oui ? demanda Mme Allen, comme si elle avait entendu Sam arriver.

Sam fut tentée de prendre la fuite, mais le pari lancé par Jake selon lequel elle reviendrait les mains vides retentit dans son esprit. Deviendrait-elle un jour assez adulte pour ne pas relever les défis qu'on lui lançait ?

« Pas aujourd'hui », décida-t-elle en respirant profondément. Elle avait affronté des taureaux brahmas, des étalons sauvages, une meute de coyotes... elle n'allait tout de même pas se laisser impressionner par une vieille femme et deux roquets.

— Bonjour, madame Allen. C'est Samantha. Je voulais juste...

À peine entrée dans le bâtiment, Sam oublia son irritation. Elle ne venait pas de pénétrer dans l'antre d'une sorcière, mais dans un magnifique studio d'artiste. Sam chercha des mots qui auraient un sens.

— Je voulais juste savoir si je pouvais avoir un peu d'eau, finit-elle par demander.

Une lumière dorée emplissait l'espace et en révélait chaque détail. Mme Allen était assise devant un chevalet, le pinceau levé devant l'un des tableaux les plus étranges que Sam avait jamais vus.

— Bien sûr que oui, lui répondit Mme Allen.

— Je ne savais pas que vous peigniez, lâcha Sam.

Mme Allen haussa les épaules.

— Tu n'avais aucune raison de le savoir. On ne peut pas dire que mon style de peinture se vende bien dans le nord du Nevada.

Sam n'en doutait pas. Les toiles qu'elle avait sous les yeux représentaient des plantes, mais des plantes étranges. Des plantes vertes et luxuriantes, aux gorges rouge sang et aux lèvres frangées de dents étincelantes.

— Je peins des plantes carnivores, expliqua Mme Allen. Des attrape-mouches, surtout, quoique... ajouta-t-elle en pointant le doigt vers l'autre bout du studio. Celle-ci est un drosera.

— On dirait qu'elles respirent.

Mme Allen ne répondit pas. Les deux chiens noir et blanc vinrent renifler amicalement les chaussures et les jambes de Sam. Elle se baissa pour caresser leurs petites têtes douces au poil brillant, et elle frissonna. Pas à cause d'Ange et de Puce. À cause de leur maîtresse.

Qui donc au monde penserait à peindre des plantes carnivores ? Peut-être fallait-il l'âme d'un artiste pour comprendre. Sam en était là de ses réflexions lorsqu'elle avisa dans un coin d'autres toiles posées à même le sol. Plus petites, en réalité pas plus grandes que des sets de table, elles étaient d'un style entièrement différent.

Alors que, sur les premières, les plantes étaient représentées immobiles et jusque dans le moindre détail de leurs petites dents pointues, sur ces dernières le mouvement dans les formes donnait une impression de flou. Au bout d'une ou deux minutes seulement, Sam se rendit compte que ces formes en mouvement étaient celles de chevaux sauvages. Gris, noirs, rouge orangé, leurs silhouettes indistinctes traversaient des paysages blancs monotones.

— Des chevaux sauvages sur la *playa*, dit Sam brusquement.

Voilà de l'art qu'elle comprenait.

Mme Allen se leva, et ses talons claquèrent sur le parquet. Les chiens s'éloignèrent de Sam à reculons, les yeux rivés sur leur maîtresse. Celle-ci essuya le pinceau sur sa blouse.

— Il y a de l'eau juste là, dit-elle d'une voix redevenue dure en indiquant du doigt des packs de bouteilles plastifiés, avant d'agiter la main pour que Sam se dépêche.

Sam ne fit ni une ni deux. Elle se hâta vers les bouteilles, en attrapa une, mais le plastique ne voulait pas céder. Elle redevint nerveuse. Un des chiens se mit à gronder. Reprise par la peur, Sam tira d'un coup sec.

— Merci, souffla-t-elle une fois l'eau en main.

Là-dessus, elle déguerpit sans demander son reste.

Lorsqu'elle retrouva Jake, elle ne savait plus que penser.

— Ma grand-mère a beau dire, murmura-t-elle, Mme Allen est vraiment bizarre.

Jake n'était pas d'humeur compatissante et ne fit aucun commentaire. Il se contenta de s'appuyer de tout son poids contre un piquet et, d'un signe de la tête, fit comprendre à Sam qu'elle devait y enfoncer une agrafe.

Sam s'exécuta, tout en remarquant que Jake serrait les lèvres si fort qu'elles en étaient toutes pâles sur son visage couleur d'acajou.

— Comment va ta jambe ? s'enquit-elle.

— Bien.

Sam s'en était doutée. Même si la douleur avait dû lui faire perdre connaissance, la réponse de Jake n'aurait pas été différente. Elle fit une autre tentative :

— Quand doivent-ils t'enlever le plâtre ?

— Écoute, la môme, t'es venue ici pour travailler ou pour jacasser ? On est vendredi soir. J'ai mieux à faire que de serrer un piquet de clôture dans mes bras. J'aurais vraiment bien voulu qu'on finisse aujourd'hui pour que je n'aie pas à revenir la semaine prochaine. Quant à Nate et Brian, ils ont du travail qui les attend au ranch.

Jake avait raison. Cette clôture était devenu une véritable entreprise. De son côté, Sam n'avait dit à personne que, pendant ce temps, ses notes en histoire et en algèbre avaient continué de baisser. Ses deux professeurs avaient choisi cette semaine, où elle était si épuisée qu'elle s'endormait sur les lectures imposées, pour leur asséner plusieurs contrôles surprises. Sans compter qu'elle avait remis un devoir en retard au cours de journalisme.

— Je me disais qu'on pourrait peut-être demander à Darrell et à Jen de nous aider à finir, suggéra Sam.

— Peut-être, répondit Jake d'un ton peu enthousiaste, tout en accélérant le rythme de travail. Mais je doute que Mme Allen les paie. À mon avis, elle est bien décidée à mettre à l'épreuve notre capacité à être de bons voisins.

La nuit tombait lorsque Jake et ses frères lancèrent outils et attirail de travail à l'arrière du pick-up. Sam répondit à leur salut de la main, tandis que leur véhicule s'éloignait en cahotant, puis elle se dirigea vers le corral pour aller seller Caïd.

Des touffes jaunes de brome des toits poussaient là où les boules d'amarante séchée s'étaient amoncelées quelques jours plus tôt ; le portail du corral était verrouillé et ne grinçait plus au vent ; et quelqu'un avait réparé le volet qui claquait. Tout avait nettement meilleure mine, mais était-ce la peine de faire tant d'efforts si Mme Allen s'en moquait ?

— Coucou mes beaux, lança Sam aux chevaux qui l'accueillaient avec leurs hennissements.

Au moins eux semblaient satisfaits des changements. Et puis, Sam devait bien admettre que Mme Allen les aimait. Après tout, elle ne les avait pas laissés mourir de faim. Ils étaient vieux et quelque peu efflanqués, mais Sam ne pouvait le reprocher à leur propriétaire actuelle.

Elle s'étira et sentit une douleur à un tendon. Le lendemain était un samedi et, habituellement, ce jour-là, sa grand-mère la laissait dormir une heure de plus bien au chaud sous sa couette. Sam en rêvait déjà.

Elle lissa le tapis sur le dos de Caïd, puis posa la selle bien au centre. Elle allait enfin pouvoir faire une bonne promenade avec son cheval ; une fois rentrée, elle dînerait ; et peut-être ensuite regarderait-elle un film en mangeant du pop-corn ; Grand-Mère Grace avait peut-être prévu une récompense... À partir du moment où elle ne lui demandait pas sa moyenne en mathématiques, Sam anticipait un week-end agréable.

— Samantha Forster.

Sam serrait la sangle de Caïd lorsque la voix de Mme Allen la surprit.

La vieille femme avait ôté sa blouse d'artiste. Elle portait un jean si large qu'il aurait pu appartenir à son mari défunt.

— Oui, madame, répondit Sam, tandis qu'une petite voix dans sa tête chantait : « S'il vous plaît, ne me demandez pas un autre service, s'il vous plaît, s'il vous plaît. »

— Le maréchal-ferrant vient demain. Personne ne s'est occupé des sabots de mes chevaux depuis longtemps. Puisque c'est toi qui as soulevé le problème, il me paraîtrait normal que tu sois là. Vois-tu, Calico n'apprécie pas beaucoup qu'on lui touche les pieds.

Quelque chose dans la voix de Mme Allen dit à Sam que la vieille femme avait juste envie de compagnie. Sam aurait bien aimé refuser, mais elle n'était pas sûre de le pouvoir.

Elle considéra un instant les *paint horses*. Elle était dans un état de fatigue tel qu'elle ne parvenait plus à les distinguer. Elle en était à essayer de mettre le nom juste sur chaque cheval, lorsqu'une idée lui vint à l'esprit. Une idée qui avait un rapport avec des chevaux pie... mais l'étincelle s'éteignit.

— Oui, bien sûr, je le ferai avec plaisir, répondit Sam en constatant que les menteurs ne meurent pas nécessairement frappés par la foudre. À quelle heure vient le maréchal-ferrant ?

— À l'aube, dit Mme Allen. Alors à demain matin, sept heures et demie.

Sam et Caïd étaient encore dans l'allée lorsque Sam remarqua une cabane dans un des arbres. Elle fit ralentir Caïd et leva les yeux vers les branches en se demandant s'ils ne lui jouaient pas des tours dans la lumière grise du soir. Mais non. Il y avait bien des chevilles fichées dans le tronc de l'arbre. Des marches.

Il était difficile de croire que Mme Allen avait eu des enfants. Jake lui avait dit qu'elle n'était pas du genre à offrir de la citronnade et qu'elle ne se comportait pas comme une mère le ferait. Pourtant, quelqu'un avait bâti cette cabane pour de jeunes explorateurs, et Sam était prête à parier que, depuis là-haut, la vue englobait tous les ranchs de la région, les collines et les canyons au-delà.

Lorsque Sam entra dans la cuisine, Grand-Mère Grace remplissait les assiettes de jambon chaud, de pommes de terre cuites au four et de montagnes de brocoli recouvert de sauce au fromage. Aussitôt, elle annonça à Sam qu'un certain Darrell l'avait appelée.

— Est-ce qu'il t'a dit ce qu'il voulait ? demanda Sam.

— Non, il n'a même pas voulu me laisser son numéro de téléphone.

Sam était perplexe. À moins qu'il ne veuille s'excuser de ses incessantes et stupides railleries – ce qui semblait peu probable –, Sam ne pouvait imaginer le motif de son appel. Pour l'heure, peu importait. S'il avait une bonne raison, il se manifesterait une nouvelle fois.

Sam avait si faim qu'elle mangea sans parler. Elle finissait sa deuxième assiette lorsqu'elle se rendit compte que son père était encore plus silencieux qu'à l'ordinaire. Il quitta même la table avant le dessert.

— Que se passe-t-il ? demanda Sam lorsqu'elle et sa grand-mère furent seules. Il se languit de Brynna ?

Sam regrettait déjà la pique qu'elle avait lancée, lorsqu'elle vit sa grand-mère baisser le nez, plier sa serviette en quatre et secouer lentement la tête.

— Seigneur ! soupira-t-elle. Je croyais que Wyatt t'en aurait parlé, mais je vois qu'il m'a laissé le soin de le faire.

— Laissé le soin de faire quoi ? s'inquiéta Sam.

— Je suppose que tu as le droit de savoir, poursuivit Grand-Mère Grace en regardant Sam dans les yeux. Ton père a parlé au docteur Scott aujourd'hui.

Glen Scott était le jeune vétérinaire qui s'était si bien occupé du Fantôme à l'issue du rodéo, celui qui avait aidé à lui rendre sa liberté[1]. Il avait fait montre d'une telle compréhension des chevaux sauvages que Brynna l'avait engagé comme vétérinaire de garde du Centre de Willow Springs.

En outre, il était devenu la coqueluche des propriétaires de chevaux.

Sam comprit aussitôt ce que sa grand-mère essayait de lui dire : un de leurs mustangs était malade. Elle ne put se résoudre à lui demander lequel.

— D'après le docteur Scott, les chevaux que nous avons vus à Willow Springs sont en grand danger.

Grand-Mère Grace s'arrêta pour s'éclaircir la voix. Sam était rassurée à l'idée qu'aucun des leurs n'allait mal. Mais alors, Grand-Mère Grace ajouta :

— Norman White veut les faire abattre.

1. Voir *Cheval fantôme – Le cheval rebelle.*

Chapitre 8

Brynna n'était partie que deux jours plus tôt. C'était impossible.

Soudain, Sam eut l'impression que son repas lui pesait sur l'estomac.

Elle se persuada que le remplaçant de Brynna Olson tentait d'imposer ses décisions uniquement pour prouver son importance et se faire respecter. Le docteur Scott ne le laisserait pas agir sans résister, pas plus que l'employé que Sam avait surnommé Lanceur de foin. Pourquoi Sam oubliait-elle toujours son nom d'ailleurs ? Ce colosse barbu était le bras droit de Brynna au Centre de Willow Springs et Sam aurait parié que Norman White avait décidé de lui montrer qui commandait.

— Qu'a dit le docteur Scott exactement ? demanda Sam.

— M. White l'a avisé qu'il devait se tenir prêt à... eh bien... pour une procédure d'euthanasie...

— Il veut dire les abattre, murmura Sam qui avait l'impression d'avoir pris une douche froide. Grand-Mère, il faut qu'on intervienne.

— Samantha, lui répondit Grand-Mère Grace d'un ton prudent, tu as vu ces animaux. Brynna se doutait déjà avant son départ de l'issue probable qui les attendait. Ces chevaux ne peuvent pas être heureux...

— Mais, Grand-Mère, il n'y a aucune raison qu'ils meurent simplement parce qu'ils sont vieux et pas très beaux...

Troublée, Sam s'arrêta, puis retrouva son énergie.

— Ce ne sont pas des raisons valables pour les tuer.

— Je sais, admit Grand-Mère.

Là-dessus, elle se leva de table pour commencer la vaisselle, bien que la corvée revienne à Sam habituellement.

Au son des assiettes qui s'entrechoquaient dans l'eau savonneuse, Sam tâcha de passer en revue les pauvres bêtes qu'elle avait vues à Willow Springs. Elle ne pouvait s'empêcher de penser en particulier à la petite alezane aux membres fragiles. Brynna avait estimé que cette jeune jument avait des chances de guérir avec le temps. Cette chance ne lui serait pas accordée.

D'un bond, Sam se leva de table à son tour et se rua dans le salon où son père lisait le journal, installé dans son fauteuil.

— Papa, Grand-Mère vient de me raconter ce que le docteur Scott t'a dit.

Puis, sans lui laisser le temps de répondre, elle enchaîna :

— Nous devons aider ces chevaux. Nous ne pouvons pas regarder cet homme les abattre sans réagir.

— Et que proposes-tu de faire, Samantha ? lui demanda son père d'un ton étrangement calme.

Pourquoi posait-il cette question ? Il n'y avait qu'une solution :

— Les adopter. Nous avons de la place et, même s'ils ne servent pas à grand-chose pour l'instant, Jake et moi pourrions les dresser au travail.

Tout en parlant, Sam se sentit sombrer dans le désespoir. L'école, les chevaux, le concours de photographie, les corvées... elle avait déjà plus de travail qu'elle ne pouvait en assumer. Mais peut-être son père ne s'en était-il pas rendu compte.

— Samantha, tu te souviens de Banjo ? lui demanda alors ce dernier.

— Bien sûr que oui.

Banjo était le meilleur cheval du ranch quand il s'agissait d'attraper le bétail ou de le trier. Pourtant, le père de Sam l'avait vendu après les inondations.

S'il en parlait ce soir-là, c'était pour évoquer un sujet que Sam ne voulait pas aborder.

— Si nous avions de l'argent de côté à dépenser dans les chevaux, crois-tu que j'aurais vendu Banjo ?

Sam fit non de la tête avec tant d'énergie que des mèches de cheveux lui tombèrent sur les yeux. Puis, tout en les repoussant, elle réfléchit.

— Je te parie que le Bureau de gestion ne nous ferait pas payer le droit d'adoption, reprit-elle alors. Ils ne gagneraient rien sur ces chevaux, mais ils économiseraient les frais de vétérinaire, et nous pourrions les emmener tout de suite...

Son père la regarda, laissant la faiblesse de ses arguments retentir dans le silence. Lorsqu'il comprit que sa fille n'admettrait pas à quel point ils étaient criants d'immaturité, il serra les mâchoires, l'air agacé et déçu.

— Tu écoutes ton cœur, alors que tu devrais écouter ta tête, Sam, gronda-t-il. Dans ce ranch, nous élevons du bétail et nous dressons des chevaux. Tous mangent, mais tous nous donnent quelque chose en échange. De l'argent. Nous ne pouvons pas nous permettre d'acheter de vieux mustangs et de les laisser manger sur nos terres pour rien.

— Ce n'est pas pour rien !

— Je regrette d'avoir à te rappeler que tu as déjà Compère, un animal de boucherie que nous n'enverrons jamais à la boucherie ; sans compter ta jument isabelle, qui est à demi folle. Il est probable que personne n'arrivera jamais à la monter. Je sais ! lança-t-il alors la main levée pour prévenir les velléités de protestation de Sam. Elle n'y peut rien, mais qu'est-ce que tu crois, Sam ? Je suis un éleveur de bétail. Et je n'achèterai pas des mustangs pour les mettre sur mes terres où ils feront concurrence aux bêtes que je vends.

— Mais papa...

— Samantha, cette conversation est loin de prendre la direction que tu souhaites.

— Papa, insista Sam d'une voix aussi posée que possible, Brynna elle-même dit que les chevaux ne font pas concurrence au bétail. Ils ne chassent pas les vaches des endroits où il y a de l'herbe. Ils mangent avec elles.

— Et en quoi cela arrange-t-il nos affaires ?

Sam savait que son père avait raison. L'herbe broutée par les mustangs ne serait plus là pour le bétail. Néanmoins, tout en sachant la bataille perdue, Sam lança une nouvelle offensive :

— D'accord, mais tu sais, papa, parmi ces chevaux, il y a une magnifique petite jument alezane, et plusieurs grands pie. Beaucoup de gens disent que les robes de couleur vive sont très appréciées.

Je pourrais demander à Tante Sue de chercher des acquéreurs potentiels à San Francisco !

— Samantha...

— Papa, je ne sais pas pourquoi...

Sam s'arrêta.

— Ce serait temporaire, reprit-elle, presque vaincue. Je pourrais trouver quelqu'un...

— La discussion est close, la coupa son père d'une voix qui tremblait de colère.

— Je suis désolée, papa, mais...

— Mais rien du tout, jeune fille. N'oublie pas ce qui met de la nourriture dans ton assiette, et dans la mangeoire de Caïd.

En temps normal, Wyatt Forster aurait quitté la pièce comme une furie. Pas cette fois.

Sam se tourna lentement vers l'escalier. C'était injuste. Ces chevaux risquaient de mourir à cause de l'entêtement de son père.

— Tu attends ma permission pour sortir de la pièce ? lui demanda ce dernier avant qu'elle ait fait un pas.

— Oui, monsieur.

Les bras serrés le long du corps, les poings fermés, Sam s'efforça de ne pas laisser sa colère teinter le ton de sa voix :

— Puis-je monter me coucher ?

— Oui, tu as ma permission.

« Il n'y a aucune raison que seule une personne ait le droit d'être obstinée », se dit Sam. Son père était probablement toujours assis en bas, à attendre qu'elle lui présente ses excuses. Si lui ne le faisait pas, elle ne le ferait pas non plus.

Sam était allongée sur son lit, les yeux rivés au plafond, son livre d'algèbre ouvert à côté d'elle.

Elle nageait dans la confusion. Elle était stupéfaite que son père ne l'ait pas punie pour lui avoir répondu. Elle fulminait à l'idée qu'il refusait de sauver ces chevaux. Elle était convaincue qu'elle trouverait une solution.

Sa détermination la garda éveillée jusqu'à ce son père et sa grand-mère montent se coucher. Sur la pointe des pieds, Sam descendit alors dans la cuisine pour appeler le docteur Scott.

— Docteur Scott ? Je suis désolée de vous déranger si tard... murmura-t-elle.

— Tu ne me déranges pas, lui répondit-il d'une voix forte et pleine d'énergie. Je rentre juste d'une visite. Ces animaux se mettent dans des situations qui ne cesseront jamais de m'étonner. Un veau, un *angus*[1], a réussi à se fourrer la tête la première dans une fosse septique. L'odeur était insoutenable. J'ai fait une ristourne de vingt dollars aux propriétaires

1. Race de bovins noirs (ou rouges) sans cornes, originaires d'Écosse.

pour qu'ils me laissent prendre une douche avant de repartir.

En bruit de fond, Sam entendit un signal électronique. Elle comprit que le vétérinaire faisait chauffer un plat au micro-ondes, et elle eut encore plus mauvaise conscience de l'avoir appelé.

Il dînait à onze heures du soir, et elle s'apprêtait à le surcharger encore. Cependant, le docteur Scott devina l'objet de son appel.

— Il est fort probable qu'on ne puisse rien faire pour ces mustangs, Samantha, mais je me suis dit que toi et ta famille devriez tout de même essayer.

Un restant de loyauté empêcha Sam d'avouer que son père venait d'apparaître comme un cas désespéré.

— Est-ce que vous ne pourriez pas tout simplement refuser de le faire ? suggéra Sam. Ma grand-mère m'a dit qu'on vous avait demandé de vous tenir prêt. Pourquoi ne pas vous rendre indisponible ?

— Je le pourrais, admit le docteur Scott. Mais il trouvera sans aucun doute quelqu'un d'autre pour le faire à ma place, et ce vétérinaire-là n'essaiera peut-être pas de le dissuader de les abattre tous.

— Est-ce que vous les avez vus ? lui demanda Sam.

— Non. Sont-ils vraiment en piteux état ?

Sam réfléchit un instant, puis décida qu'il n'y avait pas lieu d'atténuer la vérité.

— Ils ne représentent pas ce que la plupart des gens recherchent quand ils veulent adopter. Par contre, j'ai une idée.

— Je t'écoute, répondit le jeune vétérinaire avant de mordre dans quelque chose.

— Il y a une chance infime que je connaisse quelqu'un qui pourrait les prendre.

— Qui ?

— Je ne peux pas vous le dire avant de lui avoir parlé.

En tirant et en tordant le fil du téléphone, Sam réussit à attraper le carnet d'adresses de sa grand-mère. Elle y trouva le numéro de téléphone qu'elle y cherchait. Apparemment, sa grand-mère l'y avait griffonné au crayon à papier longtemps auparavant.

— Si ce Norman vous appelle, est-ce que vous pourriez me prévenir à cet endroit, s'il vous plaît ?

Elle lut à haute voix le numéro de téléphone de Trudy Allen.

— Demandez-moi, c'est tout, ajouta-t-elle dans un soupir.

Le lendemain matin, Wyatt Forster n'adressa pas un mot à sa fille. Sam brisa le silence en lui disant qu'elle avait accepté d'aider Mme Allen pour la visite du maréchal-ferrant. L'espace d'un instant, Sam pensa qu'il ne l'autoriserait pas à y aller. La veille, il aurait applaudi cette bonne action de sa fille. Pour l'heure, il se mettrait certainement en colère.

— Ne me dis pas qu'elle les fait ferrer, intervint Grand-Mère Grace en sirotant son café. Ça ne me regarde pas, bien sûr, mais à mon avis ce serait une dépense inutile. Trudy ne monte jamais ces chevaux.

— Peut-être... répondit Sam à sa grand-mère. Cela dit, si elle s'occupe des sabots de ses bêtes, c'est peut-être un signe qu'elle s'intéresse de nouveau à autre chose qu'à son studio.

Sam fit une pause, et nota que son père n'avait toujours pas pris la parole. Elle poursuivit :

— J'étais assez fatiguée hier soir quand j'ai accepté de retourner chez elle, mais je crois qu'elle veut que je l'aide à tenir Calico pendant que le maréchal-ferrant lui lime la corne.

— Autrement dit, ce cheval est difficile, intervint le père de Sam.

Sam haussa les épaules, tout en ayant le sentiment que son père et sa grand-mère appréciaient malgré tout sa décision de prêter main-forte à Trudy Allen, un samedi matin, alors qu'elle avait déjà travaillé trois heures pour elle chaque soir de la semaine.

Étant donné qu'ils ne lui avaient pas encore interdit de partir, Sam poussa son avantage :

— Grand-Mère, est-ce que cela te dérangerait de me conduire là-bas ? Mme Allen m'a dit qu'elle me raccompagnerait en voiture, ou bien le maréchal-ferrant si c'est sur sa route.

Sam avait parlé d'un ton détaché, les doigts discrètement croisés. Sa grand-mère avait mentionné que Trudy Allen adorait les chevaux pie. Le groupe des inaptes à l'adoption de Willow Springs en comptait plusieurs. Si Mme Allen se laissait convaincre qu'elle était leur seul espoir, le plan de Sam fonctionnerait peut-être.

Grand-Mère Grace hésita, les yeux tournés vers un énorme bol en bois posé sur le plan de travail. Il était rempli de tomates. Elle avait apparemment prévu de faire beaucoup de cuisine ce jour-là.

Puis elle regarda le père de Sam, et la décision fut prise.

— D'accord, dit-elle à Sam. Laisse-moi juste préparer les tomates avec le basilic et l'ail pour que la sauce soit cuite à mon retour et que je puisse la mettre en bocaux.

*

Des gouttes de transpiration faisaient luire le front et les joues du maréchal-ferrant et lui tombaient du menton. Il avait vite découvert que Calico n'aimait pas qu'on lui touche les pieds.

— Dites-moi, on ne pourrait pas lui mettre le tord-nez à votre vieille demoiselle ? demanda le maréchal-ferrant.

Mme Allen, qui portait une jupe en jean, un corsage blanc et un chapeau de paille, prit un air choqué.

— Lui tordre une chaîne sur le bout du nez pour qu'elle cesse de gigoter ? Vous rêvez, ses pauvres lèvres sont beaucoup trop tendres !

Dire que Calico « gigotait » était un euphémisme. La jument se jetait en avant, ruait, mordait. Mme Allen avait beau jeu de refuser : ce n'était pas elle que Calico soulevait de terre au bout de la longe chaque fois que le maréchal-ferrant s'approchait de ses postérieurs.

Les malheureux quarante-cinq kilos de Sam n'arrêteraient jamais la jument si elle décidait de s'enfuir, et le maréchal-ferrant le savait. D'ailleurs, il mettait en pratique la leçon que Sam avait apprise très jeune : ne jamais tourner le dos à un cheval, surtout quand on s'occupe de ses sabots.

L'agressivité de Calico eut pour seul effet positif la réaction de Mme Allen. Lorsque le maréchal-ferrant eut enfin terminé son travail, la vieille femme s'approcha de la jument pie et lui parla comme on parle à un bébé. De dos, les cheveux rassemblés en une natte épaisse comme le bras, on aurait dit une jeune fille.

Les chevaux l'attendrissaient, et Sam avait justement compté là-dessus.

Toutefois, peut-être Sam n'aurait-elle pas besoin de jouer sur la corde sensible de Mme Allen. Elle regarda sa montre et se sentit submergée par une vague de soulagement. Il était presque midi et le docteur Scott n'avait pas appelé. Norman White avait-il renoncé à son grand projet ?

Comme si les pensées de Sam avaient servi de déclencheur, le téléphone se mit à sonner dans la maison de Mme Allen.

— Je me demande bien qui ça peut être, dit-elle tout en remplissant un chèque pour le maréchal-ferrant.

— Vous feriez mieux d'aller répondre, suggéra Sam.

Si c'était le docteur Scott, il y avait urgence. Si ce n'était pas lui, Sam pourrait repartir avec le maréchal-ferrant, qui avait déjà remballé son matériel dans son véhicule.

— C'est certainement un vendeur. Mes enfants ne m'appellent que le dimanche. Merci, dit-elle au maréchal-ferrant en lui tendant son chèque.

— On ne sait jamais... insista Sam.

— Ou une erreur, reprit Mme Allen en faisant un signe de la main en direction de la maison. Tu vois, ça a arrêté de sonner.

Sam conduisit Calico jusqu'au corral. La jument la suivit, douce comme un agneau. Mais une fois devant le portail, elle regimba, la tête tournée derrière elle, vers les collines.

— C'était peut-être pour moi, marmonna Sam, que Mme Allen avait rejointe.

— Pourquoi ne me l'as-tu pas dit, jeune fille ? s'exclama Mme Allen, l'air agacé.

Toutefois, son expression s'adoucit lorsqu'elle vit Sam raisonner Calico.

— Bon, je vais te reconduire chez toi.

— Merci, répondit vaguement Sam, l'esprit absorbé par ces pauvres chevaux en attente de leur sentence à quelques kilomètres de là.

Lorsque Calico fut enfin en sécurité dans le corral, Sam ne sentait plus ses bras.

— Est-ce que tu attendais un appel de Grace ? lui demanda Mme Allen.

Sam haussa les épaules. Calico avait entrepris de faire le tour du corral au trot et fut bientôt rejointe par Poil de Carotte. Soudain, tous deux s'arrêtèrent net et firent face aux collines.

— Calico, tu es trop vieille pour ces bêtises, se moqua Mme Allen, avant de se tourner vers Sam et d'ajouter : Cet étalon blanc doit être dans les parages.

Sam ne put prononcer qu'un seul mot :

— Où ?

— Je ne sais pas exactement. Certains de ces sentiers s'enfoncent dans les collines et sont envahis de broussailles. Quand il se dissimule derrière leurs branches, il est impossible de le voir. Seuls les chevaux savent qu'il est là.

Juge piaffa et s'ébroua.

— Ils me font toujours savoir quand il est tout près.

— C'est le Fantôme ? demanda Sam.

— Allons, allons, répondit Mme Allen en claquant de la langue. Ne me dis pas que tu crois encore à ces sornettes !

— Pas vraiment, mais il...

Sam s'arrêta. Le téléphone sonnait de nouveau. Bien sûr, il était impossible de l'affirmer, mais la sonnerie semblait urgente.

— Vas-y, dit Mme Allen à Sam. Tu arriveras peut-être avant que la personne raccroche cette fois.

Sam s'élança. Elle ouvrit le portail, passa au pas de course devant les roses mourantes et poussa la porte de bois d'un coup d'épaule. Elle avait pénétré dans l'entrée de la maison comme une fusée quand elle dut s'arrêter net, aveuglée par la pénombre.

Où se trouvait-il ? Où ? Un guéridon drapé d'un foulard à franges était appuyé contre un mur. L'instrument en cuivre et ivoire posé dessus avait tout l'air d'un vieux téléphone.

— Allô ? hurla Sam, sans savoir si elle tenait correctement le combiné.

— Sam ? J'avais peur d'avoir mal noté le numéro. Glenn Scott à l'appareil, enchaîna le vétérinaire. Je ne sais pas ce que tu as comme solution dans ton chapeau, mais elle a intérêt à être bonne.

Le cœur de Sam battait si fort qu'elle dut tendre l'oreille.

— Norman White vient de m'appeler pour confirmer sa demande d'euthanasie pour tous les chevaux, plus un.

— Un autre... commença Sam, aussitôt interrompue par le vétérinaire.

— Une des juments a mis bas un poulain aveugle.

— Aveugle ? répéta Sam, prise de vertiges.

— C'est ce qu'il dit. Je dois y aller tout de suite. Je vais vérifier, mais après il faudra que je les endorme, tous. Je te comprends... ajouta le vétérinaire en entendant la plainte étouffée de Sam. Je vais tâcher de gagner du temps, mais c'est lui qui commande, et s'il ne ment pas sur la façon dont la jument rejette son poulain, ce sera sans doute cause perdue.

— Il n'y a pas de causes perdues ! s'écria Sam.

À cet instant, l'entrée s'illumina. Mme Allen avait ouvert la porte en grand et écoutait, immobile dans l'encadrement.

— Eh bien, bonne chance à nous tous, conclut le vétérinaire, parce que Norman White m'a annoncé qu'une tractopelle creusait déjà une grande fosse.

Chapitre 9

— Docteur Scott ? Docteur Scott ! hurla Sam, mais le vétérinaire avait déjà raccroché.

Sam n'entendit plus que l'écho de sa propre voix dans cette entrée lourde de l'odeur des médicaments et du thé. Ses genoux se dérobèrent sous elle. Elle s'appuya d'une main sur le guéridon pour reposer le combiné. Elle voulait s'asseoir pour se ressaisir ; elle voulait effacer l'image qui s'était créée dans son esprit d'un énorme trou noir attendant des corps de chevaux morts. Elle n'en eut pas le temps.

— Ainsi tu ne crois pas dans les causes perdues ?

Mme Allen avait répété cette phrase sur le ton apparent de la provocation.

— Cela signifie-t-il que tu es irrémédiablement stupide, ou insupportablement jeune ?

— Cela signifie... commença Sam, avant de s'arrêter net, à court de mots. Cela signifie, reprit-elle enfin, qu'on doit se battre jusqu'à la fin pour ce qu'on estime être juste.

Mme Allen baissa la tête, dans un mouvement qui semblait indiquer qu'elle était d'accord.

— Comment sait-on où se situe la fin ? demanda-t-elle à Sam néanmoins.

— Quand on... quand c'est... quand ils seront morts, lâcha Sam.

Mme Allen redressa la tête d'un coup. Bien qu'elle soit à contre-jour, Sam perçut sa surprise.

— Morts, dis-tu ? s'étonna la vieille femme.

Sam hocha la tête, puis elle osa une explication :

— Le Centre des chevaux sauvages de Willow Springs est temporairement géré par un directeur remplaçant. Il a décidé d'éliminer une dizaine des chevaux qui s'y trouvent actuellement, parmi lesquels...

Sam dut avaler sa salive avant de pouvoir poursuivre :

— ... parmi lesquels un poulain tout juste né.

— Comment peux-tu en être sûre ? C'est sans doute une rumeur. Si j'étais toi, je ne m'inquiéterais pas, Samantha.

— Ce n'est pas une rumeur. Je viens de parler au docteur Scott, le vétérinaire, expliqua Sam en pointant le doigt vers le téléphone. Il a reçu l'ordre d'euthanasie. À exécuter aujourd'hui.

Mme Allen se frotta les bras, comme si elle était soudain prise de frissons.

— Et tu ne crois pas dans les causes perdues ? répéta-t-elle une seconde fois, incrédule. Je dirais qu'un ordre comme celui-ci est la preuve que la cause est bel et bien perdue. Tu sais, les fonctionnaires ne changent pas d'avis sur des coups de tête.

— Je sais comment faire revenir ce remplaçant sur sa décision, répondit Sam. Et cela va demander plus qu'un coup de tête.

— Je ne suis pas sûre d'aimer la façon dont tu me regardes, Samantha Forster. Si tu veux mon aide, tu ferais bien de t'expliquer. Mais ne compte pas trop sur moi, ajouta Mme Allen en agitant l'index en signe d'avertissement.

— Les chevaux dont il veut se débarrasser ont été jugés inaptes à l'adoption. Certains, parce qu'ils sont trop âgés, d'autres parce qu'ils sont laids, ou qu'ils ont des défauts de conformation.

Mme Allen regarda Sam d'un air dubitatif.

— C'est vrai, madame Allen, lui dit Sam. J'aimerais bien que ce soit faux, mais c'est la vérité.

— En quoi penses-tu que je peux t'aider ?

— En les adoptant. C'est la seule solution. Les autres chevaux sont déjà en route pour le Midwest.

Ceux qui restent seront éliminés et enterrés aujourd'hui.

— C'est terrible, mais...

— S'il vous plaît, madame Allen, l'implora Sam, le cœur douloureux comme si quelqu'un la poignardait. Leur heure a sonné.

La main de Mme Allen se referma en un poing qui vint couvrir ses lèvres. On aurait dit qu'elle allait pleurer. Puis elle laissa retomber son bras le long du corps, et son visage prit un air courroucé.

— Si tu ne vois pas comment le monde fonctionne, c'est que tu n'es pas aussi intelligente que je le pensais, jeune fille. Je suis une vieille femme inutile.

— Vous n'êtes pas inutile. Vous pourriez sauver ces chevaux !

Sam se demanda comment un adulte pouvait avoir une perception si fausse de sa propre personne. Sans un mot de plus, elle prit le chemin de la porte, tout en espérant que Mme Allen la suivrait. Ses espoirs furent exaucés, et plus encore. Mme Allen lui emboîta le pas, après s'être saisie des clés de son pick-up.

Une fois dehors, Sam lui asséna son argument massue :

— Vous avez une nouvelle clôture, des pâturages en abondance, et une grange pleine de foin.

Vous avez tout ce dont ces chevaux ont besoin et, en plus, vous avez...

Sam s'arrêta pour bien choisir ses mots.

— ... vous avez... du cran, lança-t-elle. D'ailleurs, vous pouvez même faire un peu peur.

La lumière crue du soleil d'hiver révélait chaque trait du visage de Mme Allen, mais aussi sa détermination. Elle redressa brusquement le menton. Ses yeux marron étincelèrent et se fermèrent à demi. Puis elle rougit, et Sam fut quasi certaine que son visage ridé s'était coloré de plaisir, et non d'embarras.

— Je fais un peu peur, hein ? reprit la vieille femme en secouant la tête. Très bien, jeune fille, monte dans ce pick-up et raconte-moi tout ce que je dois savoir sur cet homme que je vais devoir effrayer.

Sam se hâta vers le véhicule couleur mandarine, impatiente de partager avec Mme Allen les informations qu'elle avait sur Norman White. Les doigts croisés, elle se prit à espérer que son plan réussirait.

Les chances étaient de son côté.

Du coin de l'œil, Sam considéra Mme Allen. Sous ses vêtements élégants et sa coiffure soignée, elle semblait parée pour la bataille. Bien que Sam n'ait jamais rencontré Norman White, elle aurait presque mis sa main au feu que Mme Allen saurait lui faire front.

Cinq minutes plus tard, Sam avait décidé qu'elle avait peur de Mme Allen. Très peur. Si Grand-Mère Grace se montrait distraite au volant, Mme Allen, elle, s'estimait reine du réseau routier et s'attendait, par conséquent, à ce que chaque sujet s'efface sur son chemin.

Lancé à toute allure, le pick-up sautait d'ornière en ornière sur l'allée de terre. Il n'y avait personne, donc tout allait bien. Mais bientôt, Sam et Mme Allen atteignirent une intersection, à laquelle le maréchal-ferrant avait eu la mauvaise idée de s'arrêter pour tourner à gauche. Les yeux rivés sur sa fenêtre, Sam sentit le coup de volant de Mme Allen, l'embardée, puis vit le visage du maréchal-ferrant qui, bouche bée, les regardait le dépasser et griller le stop, bien évidemment.

Ensuite, tout alla de mal en pis. Le feu qui régulait l'entrée des voitures sur la grand-route était rouge : Mme Allen ne s'en rendit même pas compte. « À moins qu'elle ne désobéisse par principe aux panneaux ou aux feux de signalisation... » se dit Sam, légèrement mal à son aise.

— Combien de chevaux veulent-ils abattre ? demanda soudain la vieille femme.

Ce disant, elle tourna la tête vers Sam et le pick-up fit un écart vers le bas-côté de la route. Quelques mètres de plus, et elles auraient plongé dans le précipice surplombant la plaine des Tambours de guerre.

— Le docteur Scott m'a dit six, mais ils en ont jugé douze inaptes à l'adoption. Je ne sais pas ce qu'ils vont faire des six autres.

Sam avait débité les mots en rafale, dans le seul but d'aller le plus rapidement possible pour que Mme Allen reporte vite son attention sur la route.

— C'est ridicule ! s'exclama la vieille femme en lançant un regard noir à Sam comme si la faute était la sienne.

Sans rien dire, Sam montra la route du doigt avec insistance jusqu'à ce que Mme Allen rétablisse la direction. Elle finit par tourner le volant si brusquement que la tête de Sam alla taper contre la vitre.

Peut-être se passerait-il la même chose à Willow Springs, songea Sam. Peut-être découvrirait-elle qu'elle se heurtait la tête contre un problème que Mme Allen ne pourrait résoudre. La vieille femme n'avait toujours pas énoncé clairement qu'elle aiderait Sam, mais elle n'avait pas refusé non plus.

En outre, Mme Allen avait la liberté dont seuls les adultes jouissaient. Si elle décidait qu'elle voulait ces chevaux, personne ne pourrait s'opposer à sa volonté.

Un peu plus loin apparut le tournant serré où l'on prenait à droite la direction de Willow Springs.

Sam pria pour que le pick-up couleur mandarine ne finisse pas sa route en morceaux. À la vitesse à laquelle Mme Allen roulait, elles devanceraient peut-être même le vétérinaire.

— Où dois-je tourner ? demanda Mme Allen. Je ne suis jamais venue ici.

— Continuez jusqu'au carrefour, répondit Sam en indiquant la direction.

Non seulement Mme Allen réussit à négocier le virage, mais le pick-up survécut au Chas de l'aiguille, le dangereux défilé qui suivait.

— Eh bien, elle n'est pas commode, cette route ! dit Mme Allen en se garant enfin dans le parking du Bureau de gestion.

Sam observa la vieille femme un instant. Son visage avait perdu son teint rouge du va-t-en-guerre pour devenir blême.

— Vous vous sentez bien ? s'enquit Sam.

— On va dire que ce petit voyage m'a un peu fatiguée, mais je me reposerai plus tard. Si je ne me sens pas mieux au moment de rentrer, tu prendras le volant, voilà tout.

« *Moi* ? » s'écria Sam intérieurement. Toutefois, Mme Allen s'apprêtait à mener bataille contre Norman White. Cette question pouvait attendre. Ce dont Mme Allen avait besoin, c'était d'un bon jus de fruits, d'une boisson bien rafraîchissante.

Alors qu'elles descendaient toutes deux du pick-up, un raclement puissant les figea sur place. Au loin, au-delà des hectares de corrals aux clôtures en tubes d'acier, une tractopelle s'activait. Sam frissonna. C'était donc vrai. La machine creusait une fosse commune.

Mme Allen lissa sa longue jupe en jean, rentra dans sa ceinture les pans de son chemisier blanc qui étaient sortis et vérifia ses boucles d'oreilles en argent en forme de *conchos*. Enfin, elle releva le menton.

Sam et elle n'étaient pas arrivées avant le vétérinaire. Le véhicule du docteur Scott était garé près du corral flanqué d'un mur de balles de foin.

« Je vous en prie, faites que ce ne soit pas trop tard », implora Sam en silence. Les chevaux devaient bien avoir, eux aussi, leurs anges gardiens.

Mme Allen posa la main sur le bras de Sam, l'interrompant dans ses pensées.

— Je suppose que c'est la personne que nous sommes venues voir, chuchota Mme Allen.

Elle fit un signe de tête en direction d'un homme qui semblait donner des ordres au docteur Scott, et ce bien qu'il ne lui arrive qu'à l'épaule.

— Prenons le temps de l'observer avant de nous attaquer à lui, veux-tu ? suggéra Mme Allen.

— D'accord, accepta Sam.

L'homme portait le même style d'uniforme kaki que Brynna. Mais cette dernière, ainsi vêtue, donnait simplement l'impression de quelqu'un de soigné et de sérieux. Norman White, lui, avait l'air d'un petit général.

— Les animaux sont par là, docteur Scott, dit-il en conduisant le vétérinaire jusqu'à la barrière du grand corral. La jument est à côté. Elle est vicieuse. Si elle n'a pas encore tué son petit, elle le fera bientôt.

— Chez les mustangs, les mères sont très protectrices, monsieur White, lui fit remarquer le docteur Scott.

Ainsi, le petit général était bien l'impitoyable remplaçant de Brynna.

— Je crois pouvoir faire la différence entre un comportement plein de sollicitude et un comportement de sauvage, répondit-il au vétérinaire d'un air moqueur.

Alors pourquoi n'avait-il pas séparé la jument de son poulain ? Avait-il peur qu'elle ne l'attaque, lui aussi ?

— Je vous assure, reprit Norman White, ce serait leur faire grâce que de mettre fin à cette situation. Le petit souffrira moins longtemps. Je n'avais pas mis cette jument sur ma liste, mais, de toute évidence, elle est complètement folle. Vous

vous rendez compte des problèmes qu'on aurait eus si quelqu'un avait eu confiance et l'avait adoptée ?

Norman White se campa sur ses talons, l'air satisfait d'avoir empêché une tragédie.

— Donc, docteur Scott, reprit-il, j'espère que vous aurez assez de produit pour sept chevaux. Quant au petit, une dose minimale devrait suffire.

Regarder cet homme équivalait à regarder un film d'horreur, songea Sam. Norman White s'exprimait avec une conviction absolue, comme un criminel persuadé de son bon droit. Non, c'était pire encore : Norman White se croyait bon.

Sam pensait avoir contenu son dégoût, mais elle avait dû laisser échapper une plainte ou un grognement car, soudain, Norman White remarqua leur présence.

— Je suis à vous dans une seconde, mesdames, lança-t-il à leur adresse, avec un sourire tel que Sam se demanda s'il avait recours à l'artifice des reines de rodéo qui recouvrent leurs dents de vaseline pour rendre leur sourire plus éclatant.

— Je n'exécuterai l'ordre d'euthanasie qu'après les avoir examinés pour déterminer leur état de santé, annonça alors le docteur Scott.

Le vétérinaire élevait-il la voix pour Sam ? Norman White s'efforça de dissimuler cette fausse note à l'aide d'un autre sourire tout aussi faux.

— Nous avons un petit problème à régler, dit-il à Sam et à Mme Allen. Vous seriez aimables d'aller m'attendre dans mon bureau.

— En fait, nous sommes venues...

Mme Allen s'arrêta en pleine phrase. Visiblement, elle avait du mal à croire ce qu'elle s'apprêtait à dire.

— ... adopter un cheval ou deux.

Ou six ? Voire douze ? Sam s'efforça mentalement d'encourager Mme Allen.

Toutes deux s'approchèrent du directeur remplaçant. Celui-ci arborait un badge qui leur confirma son identité. Norman White n'était pas plus grand que Sam. Son corps était de ceux qui sont sculptés par la musculation, non par le travail.

Son port – épaules en arrière, torse bombé, menton levé – le grandissait. Quant à ses cheveux bruns, ils étaient coupés court, en brosse, comme ceux des militaires.

— Je suis à vous dans un instant, répéta-t-il. Vous m'aiderez grandement si vous m'attendez bien gentiment juste ici, ajouta-t-il avec un clin d'œil. Formidable.

Présumant que Sam et Mme Allen s'exécuteraient, Norman White poussa le docteur Scott en avant, et les deux hommes s'éloignèrent du corral où étaient enfermés les chevaux inaptes à l'adoption. Eux attendaient, calmes, silencieux. Ils étaient en sécurité dans leur enclos – pour l'instant.

Norman White et le docteur Scott s'arrêtèrent devant le corral de la jument, hors de portée de voix.

— On a presque envie de lui faire le salut militaire, tu ne trouves pas ? dit Mme Allen à Sam en indiquant Norman White d'un signe de tête.

— Non, répondit Sam. Il me rend malade. Il veut tuer un poulain tout juste né et il appelle ça « un petit problème ».

L'attitude de Norman White aurait pu se comprendre, songea Sam, s'il avait essayé de dissimuler ses sentiments en affectant le détachement. Jake le faisait tout le temps. Son père aussi. Toutefois, Sam était intimement persuadée que Norman White ne ressentait rien, sinon l'envie d'expédier une difficulté qu'il imputait à Brynna.

Prise d'un élan d'affection soudain pour Brynna Olson, Sam dut admettre que la directrice du Centre de Willow Springs était une alliée solide, du moins lorsqu'il s'agissait des chevaux sauvages.

— Je n'apprécie pas beaucoup qu'on me demande de m'asseoir comme si j'étais un chien, dit Mme Allen en regardant de côté Norman White et le vétérinaire. Et toi ?

— Moi non plus, répondit Sam.

D'un accord tacite, Sam et la vieille femme allèrent se poster près du van du docteur Scott pour entendre ce que les deux hommes se disaient.

De là, Sam observa la grande jument pie dans le corral. Les poils de sa robe brun et blanc étaient collés par la transpiration et maculés de boue. Sam avait la quasi-certitude que la naissance du poulain n'avait pas été facile. La jument se tenait au centre du corral, face au portail, probablement pour protéger son petit, même si Sam ne le voyait pas.

Elle avait la tête basse et ses oreilles étaient couchées en arrière, signe qu'il valait mieux ne pas s'approcher d'elle.

Soudain, Norman White, bien évidemment sourd à ce genre d'avertissement, s'appuya contre la barrière. Aussitôt, la jument s'élança. Et Sam comprit vite pourquoi.

Le poulain était recroquevillé dans un coin du corral, telle une couverture chiffonnée aux teintes brun clair. Ses antérieurs étaient repliés sous lui et sa tête se balançait d'un côté à l'autre, comme s'il essayait d'examiner le corral en vain.

La jument s'arrêta avant d'atteindre la barrière. La peur semblait lui avoir redonné courage. Elle se tenait immobile, les oreilles pointées vers l'avant, sur le qui-vive. Ses naseaux se dilataient et se fermaient, flairant l'odeur de ses ennemis. Puis elle roula des yeux exorbités et fouailla vivement de la queue lorsque le docteur Scott se hissa sur la barrière pour mieux la regarder.

Cette fois, elle n'eut pas le temps de charger, car son petit bougea derrière elle. Il essayait de se lever. Sam aperçut du sang sur son postérieur gauche. Il ne faisait aucun doute qu'il était blessé. La jument se tourna vers lui.

— Ça y est, elle recommence ! s'écria immédiatement Norman White.

Aux yeux de Sam, la jument avait l'air inquiète, et non menaçante.

Le poulain émit un son pitoyable, et Sam comprit aussitôt ce qu'il ressentait. Elle aussi était restée les yeux grands ouverts dans le noir, perdue parce que sa mère n'était pas là.

« Pauvre bébé », se dit Sam.

La jument s'approcha de son poulain, en fit le tour, puis vint se placer, d'aplomb, juste au-dessus de lui.

— Cette jument n'essaie pas de tuer son petit ! chuchota Mme Allen. Elle essaie de le protéger.

Le docteur Scott était du même avis.

— Il est blessé, pas en danger ! s'exclama-t-il. Par contre, qu'est-ce qui vous fait dire qu'il est aveugle ?

Pour toute réponse, Norman White frappa dans ses mains, puis secoua la barrière métallique.

La jument chargea de nouveau, montrant les dents, prête à mordre. Derrière la barrière, Norman White ne risquait rien. Le poulain, lui, leva la tête au bout de son encolure frêle et frémissante. Ses yeux bleus étaient pâles. Tout tremblant, il regarda dans la direction d'où le bruit était venu.

Norman White avait raison : le poulain semblait bien aveugle – et terrifié.

CHAPITRE 10

Aussitôt, le docteur Scott passa à l'action.

— Il va falloir attraper la jument au lasso pour l'éloigner du petit. Sinon, elle ne me laissera jamais m'approcher de lui et elle me mangera tout cru, dit-il.

— Pourquoi se compliquer la tâche ? intervint Norman White d'un ton railleur. Vous vous embêterez moins si vous lui faites tout de suite son injection ; après vous pourrez vous occuper du...

Comme s'il avait senti le regard noir de Mme Allen et de Sam, l'agent de l'État s'arrêta au milieu de sa phrase et regarda par-dessus son épaule. Incertain, le docteur Scott se balançait d'un pied sur l'autre, plus désireux de s'occuper des animaux que de mettre Norman White dans l'embarras.

— Le Bureau de gestion des terres, intervint-il néanmoins, n'élimine pas les animaux en bonne santé. À moins que je ne détermine sans équivoque que cette jument et son poulain sont malades, je n'enfreindrai pas la loi.

Apparemment, le vétérinaire avait prononcé le mot magique car, soudain, le visage de Norman White s'illumina.

— Je suis, moi aussi, un homme respectueux des règles, dit-il en se frappant la poitrine. Pour l'euthanasie, il s'avère qu'il existe huit points à considérer.

La main levée, il commença le décompte avec les doigts.

— Maladie dégénérative incurable ; maladie transmissible incurable ; claudication chronique...

Ce disant, il indiqua d'un signe de la main le corral où se trouvaient les chevaux inaptes à l'adoption.

— Nous en avons plusieurs dans ce cas, poursuivit-il. Coliques inopérables...

Il prit un air agacé.

— Ce n'est pas un problème qui nous concerne pour l'instant. Par contre, les poulains atteints de pathologies graves, si. Et vous conviendrez que la cécité en est une.

— Je ne conviendrai de rien tant que je n'aurai pas examiné ce poulain et sa mère, lui rétorqua le docteur Scott d'un ton posé que Sam n'aurait jamais réussi à prendre.

— Je n'en crois pas mes oreilles, murmura-t-elle à l'adresse de Mme Allen. Il applique des « règles » pour tuer des chevaux.

— Je connais ce genre de personnes, répondit Mme Allen tout aussi discrètement. Les hommes comme Norman White estiment qu'ils détiennent la vérité.

Le vétérinaire observa la jument, toujours incertain sur la meilleure façon d'atteindre le poulain.

— Je peux d'ores et déjà vous dire qu'il y a eu erreur de jugement, annonça-t-il. Quand vous m'avez appelé, vos explications m'ont fait craindre que la jument n'eût déjà compris que le petit était handicapé. La nature peut être cruelle. Il aurait été très possible qu'elle le rejette. Mais ce n'est absolument pas le cas.

— Bien sûr que si, riposta Norman White. Vous voyez bien la blessure qu'il a.

— Je ne suis pas d'accord avec vous. Il suffit de regarder sa mère. Si elle a fait mal à son petit, c'est qu'elle essayait de le protéger de la main de l'homme ou bien qu'en voulant le rassurer elle s'est trop approchée de lui.

— Non, non, non... répondit Norman White avec un sourire moqueur. Si vous aviez vu le numéro qu'elle nous a fait, vous ne diriez pas ça. En tout état de cause, c'est l'une des autres règles :

les animaux qui affichent un comportement dangereux doivent être éliminés.

Sans prêter attention à la réponse de Norman White, le docteur Scott fit un signe à l'homme que Sam surnommait Lanceur de foin. Ce dernier s'approcha avec réticence.

— Est-ce que vous pourriez attraper cette jument au lasso et la tirer vers la barrière ?

— J'aimerais bien rester en dehors de tout ça, maugréa l'homme en regardant Norman White d'un air mauvais. Mais puisque c'est vous qui me le demandez, je vais voir ce que je peux faire.

Cinq minutes plus tard, la jument avait la boucle du lasso autour du cou. Elle essaya de se dérober, résistant de toute la force de son corps brun et blanc à la corde qui voulait l'éloigner de son bébé.

Lanceur de foin ne lui laissa aucune chance. Il attacha l'extrémité du lasso sur le haut de la barrière, doubla le nœud, et se servit de la traverse comme d'une poulie pour amener la jument toujours plus près tandis que le docteur Scott se précipitait vers le poulain.

Effarouché par cette présence humaine qui approchait à petits pas rapides et dont il ne reconnaissait pas l'odeur, le poulain lança un hennissement bref et aigu.

Mme Allen porta la main à sa poitrine, mais rassura Sam :

— C'est fait exprès. C'est de cette façon que les jeunes animaux survivent, poursuivit-elle. Ils poussent des cris si poignants que les adultes n'hésitent pas une seconde à se porter à leur secours.

La jument continuait de tirer sur la corde, et le docteur Scott tâcha d'aller au plus vite. Ses mains parcoururent rapidement le poulain, vérifiant chaque os et chaque articulation. Une fois cet examen terminé, il inclina la tête du petit animal vers la lumière.

Là, il prit son temps. Sam scruta son visage, pensant y trouver un indice, mais le vétérinaire ne laissa rien paraître.

Pendant ce temps, Norman White décida de reporter son inquiétude sur Mme Allen.

— J'ai bien peur de devoir vous demander de quitter les lieux, lui annonça-t-il avec des petits mouvements nerveux et impatients.

Mâchoire serrée, paupières à demi fermées, Mme Allen faisait clairement savoir qu'elle n'irait nulle part.

C'est alors que, dans un autre effort pour échapper à l'emprise du lasso, la jument se cabra, juste au moment où le docteur Scott faisait signe à Lanceur de foin de la libérer.

— La voilà ! s'écria l'employé en laissant la corde filer pour que la jument puisse se dégager de la boucle qui lui serrait l'encolure.

Menée par son instinct de mustang, la jument s'élança au galop vers son poulain en balançant la tête de droite à gauche comme si elle avait dû se frayer un passage à travers son troupeau pour le rejoindre. Une fois près de lui, elle baissa la tête et renifla son petit avec tant de bonheur que le poulain se roula sur le dos. Mais ces retrouvailles ne durèrent qu'un instant. Le poulain se remit debout avec peine, et sa mère s'ébroua avant de faire face, de nouveau, aux êtres humains qui se trouvaient là.

— Alors, j'avais raison, n'est-ce pas ? s'exclama Norman White.

— Au sujet de ses yeux ? répondit le docteur Scott, l'air songeur. Probablement. Mais à part ça, cette pouliche... oui, c'est une demoiselle... n'a aucun problème de santé. La robe n'est pas anormalement soyeuse, le tissu qui recouvre les sabots n'est pas anormalement visqueux, elle n'est même pas très faible pour une pouliche prématurée.

Norman White pencha le buste en avant, comme s'il s'apprêtait à réagir, mais le docteur Scott ne lui en laissa pas le loisir.

— Elle sera peut-être un peu lente à téter à cause de sa blessure, mais je parie que sa mère fera ce qu'il faut pour l'aider.

— Mais qu'est-ce que vous racontez ? demanda Norman White. Êtes-vous sûr qu'un homme dans votre position puisse se permettre de s'attendrir ?

Sam entendit l'insulte, il était donc impossible que le jeune vétérinaire ne l'ait pas perçue. Glenn Scott resta néanmoins calme et professionnel.

— La question n'est pas là, se contenta-t-il de répondre. Regardez, ajouta-t-il en pointant le doigt vers la jument.

La pouliche se tenait, immobile, ses membres dorés tout tremblants. Doucement, sa mère la guida du bout du nez jusqu'à ce qu'elle soit assez près d'elle pour téter.

— Regardez, Norm, répéta le docteur Scott.

— Une maman n'abandonne jamais, déclara Mme Allen fièrement.

Fort irrité, Norman White enfonça les mains dans les poches de son uniforme.

— J'ai fait mes calculs, dit-il. J'ai comparé ce que me coûterait l'envoi de ces chevaux dans un pâturage et leur élimination. J'économise cent douze dollars par tête si je règle le problème tout de suite, ici, affirma-t-il en écartant les bras pour indiquer que la conclusion était claire. Si Brynna Olson a peur de prendre certaines décisions, moi non.

Sam retint son souffle. Norman White parlait plus comme un jeune fanfaron que comme un adulte. Pas étonnant qu'il n'ait que le statut de directeur remplaçant. Qui penserait jamais à employer pour de bon un énergumène de son espèce ?

— Bien, reprit-il cette fois sur un ton plus sec. Mesdames, vraiment, je dois vous demander d'aller dans mon bureau. Il y a de quoi boire, des magazines à lire, et vous pourrez vous asseoir pendant que monsieur et moi-même nous occupons de notre affaire. Ensuite, je vous trouverai un joli petit cheval à adopter.

À ces mots, Mme Allen s'avança et se planta sur ses deux pieds, les jambes écartées, avec des sourcils froncés qui annonçaient clairement qu'elle n'irait nulle part.

— Merci pour votre offre, monsieur White, lui répondit-elle, mais nous sommes là pour adopter plusieurs chevaux, y compris les deux dont vous parlez.

Là-dessus, elle remonta la lanière du gros sac à son épaule et en profita pour glisser un regard vers Sam.

Sam, elle, n'en croyait pas ses yeux. Elle mourait d'impatience de raconter à sa grand-mère comment Mme Allen s'était transformée en marraine fée.

— Vous vous chargeriez d'une pouliche aveugle ? lui demanda Norman White, déconcerté.

— C'est fort possible, lui répondit Mme Allen, qui prenait un malin plaisir évident à choquer l'homme. J'ai un faible pour les pie, voyez-vous. Votre jument est de toute évidence une tobiano[1] et, dès qu'elle sera nettoyée, je parie que sa pouliche se révélera être une pie palomino.

— Des pie, répéta Norman White comme s'il ne comprenait pas ce qu'il venait d'entendre.

— Et je sais où en trouver d'autres, intervint Sam. Dans ce corral juste à côté, dit-elle en s'élançant vers les chevaux.

— Ah non ! s'exclama le remplaçant de Brynna Olson. Ceux-là sont des perdants. Personne n'en voudrait.

Des perdants. Sam savait que si elle essayait d'instruire Norman White, de lui faire comprendre la situation de ces chevaux, elle finirait par s'énerver. Ce qui ne servirait absolument à rien.

Sam regarda derrière elle pour s'assurer que Mme Allen la suivait. Rassurée, elle ralentit le pas pour laisser le temps à la vieille femme de la rattraper. Qu'elle était lente !

Lorsque Mme Allen arriva au niveau de Sam, elle marmonnait :

— Dans quel pétrin est-ce que tu m'entraînes ma fille ? dit-elle d'un ton plus amusé qu'inquiet.

De peur que la vieille femme ne reconsidère sa décision, Sam lui promit aussitôt :

1. Robe foncée avec des taches blanches qui traversent la ligne du dos.

— Je vous aiderai. Vous pouvez compter sur moi, quoi qu'il arrive. En plus, Brynna Olson a une jument aveugle, et je suis sûre qu'elle vous prêtera main-forte aussi.

Mme Allen examina Sam attentivement.

— La fille de Wyatt Forster dit du bien d'un représentant du Bureau de gestion ? Je n'aurais jamais cru entendre une chose pareille.

Sam balaya la remarque de Mme Allen d'un haussement d'épaules et se lança dans la description de son plan :

— Je me suis dit que je pourrais dormir dans votre grange tant que la pouliche ne se nourrira pas comme il le faut vingt-quatre heures sur vingt-quatre. Les petits sont censés téter jusqu'à dix-sept fois par heure, expliqua Sam. Vous vous rendez compte ? Si je suis là, je pourrai m'assurer que la pouliche le fera.

Soudain, Sam revit le Fantôme petit. À l'image de nombreux gris qui devenaient blancs à l'âge adulte, il était né complètement noir, d'un noir pur comme la nuit. Elle était elle-même très jeune à cette époque-là, et elle l'avait tout simplement prénommé Blackie. C'était une boule noire aux jambes longues et à l'haleine laiteuse. Les bras de Sam se souvenaient encore de ce corps osseux et duveteux qu'elle prenait dans ses bras pour l'étreindre.

La réalité eut tôt fait de briser ce souvenir. Désormais, Blackie était un étalon sauvage et Sam ne savait pas si l'avenir lui offrirait une nouvelle chance de le toucher. Toutefois, son expérience avec l'étalon pourrait l'aider à sauver la vie de la pouliche aveugle.

— J'ai eu un poulain à moi quand j'étais petite, reprit-elle, et je m'en suis bien occupée. Je vous assure.

Mme Allen fit signe à Sam de se taire, puis son regard alla du bai au chanfrein busqué jusqu'aux jarrets coudés de l'alezan.

— Quel triste défilé, soupira Mme Allen en secouant la tête.

Après quoi elle regarda par-dessus son épaule dans la direction de Norman White. Il était resté en retrait du docteur Scott, et ses gestes indiquaient qu'il était étonné de la tournure que prenaient les événements.

— Bon, reprit Mme Allen, quand le vin est tiré, il faut le boire.

Elle dut remarquer la confusion de Sam, car elle ajouta aussitôt :

— En d'autres termes, il ne faut pas faire les choses à moitié.

Sam s'esclaffa, mais se calma vite lorsque Mme Allen lança un nouveau regard noir dans la direction de Norman White.

— Chacun de ces chevaux sera chez moi avant que cet homme ait le temps d'en tuer un seul pour satisfaire sa vanité d'homme d'affaires. Ce serait tout simplement injuste.

Là-dessus, Mme Allen pivota sur ses talons si rapidement que sa jupe virevolta.

— Monsieur White ? lança-t-elle en lui faisant signe de s'approcher. Je les prends tous.

— Vous n'êtes pas sérieuse ! répondit Norman White avec un soupir.

Toutefois, son air totalement résigné montrait qu'il savait bien qu'elle ne plaisantait pas.

— Vous allez devoir remplir des formulaires et je vais être obligé de vérifier si vous répondez aux critères pour être acceptée comme adoptant, reprit-il.

Sam ne comprenait pas pourquoi Norman White semblait mécontent.

— Si je peux me permettre, madame, ajouta-t-il alors, qu'est-ce que vous allez faire de ces chevaux ?

Mme Allen leva les yeux vers l'horizon comme s'il s'y trouvait quelque chose qu'elle seule pouvait voir.

— Je vis à la limite du territoire des mustangs et j'ai toujours eu envie de leur offrir un refuge. Mon mari y était opposé parce que nos pâturages étaient couverts de bétail. Aujourd'hui, le bétail a disparu. Et Harold, paix à son âme, a disparu aussi.

Mme Allen fit tourner l'alliance en argent qu'elle portait à l'annulaire et sourit.

— Je sais qu'il ne m'en voudra pas de réaliser enfin mon rêve. Pas plus que vous, n'est-ce pas, monsieur White ?

— Non, bien sûr. Mais ne préférez-vous pas prendre un peu plus de temps pour réfléchir ?

— J'ai eu une vie entière sur ces terres pour y réfléchir. Mes enfants sont indépendants et se débrouillent bien seuls. Ce qui n'est pas le cas de ces pauvres bêtes. J'ai un peu d'argent, un peu moins d'énergie, mais elles en valent la peine. J'ai cessé de me demander si je serais capable de m'en occuper ou non. Le moment est venu de créer ce refuge.

Norman White hocha la tête nerveusement, mais invita Mme Allen à le suivre vers son bureau.

— En ce cas, après vous, chère madame, dit-il. Nous allons préparer le dossier. Dans quelques jours...

Là, il s'interrompit et avala sa salive comme s'il souffrait d'un mal de gorge.

— ... dans quelques jours, reprit-il, ces chevaux seront à vous.

Tout se passait si bien que Sam intervint avec réticence. Cependant, c'était nécessaire.

— Docteur Scott, à votre avis, est-ce qu'il est prudent de laisser la pouliche et sa mère seules en attendant ? demanda-t-elle au jeune vétérinaire.

— La plupart des petits qui ne survivent pas meurent avant la fin de la première semaine, convint-il. Si, pour une raison ou une autre, la jument n'alimente pas bien le bébé, il faudrait effectivement que quelqu'un soit sur place pour l'aider.

L'air stupéfait, Norman White passa la main dans ses cheveux en brosse.

— Nous ne sommes pas une école d'infirmières, lança-t-il.

— Vous voulez les prendre tout de suite ?

La question était venue de Lanceur de foin. Il était resté tellement silencieux tout ce temps que Sam en avait oublié sa présence. Apparemment, il avait une solution. Toutefois, jusqu'où Mme Allen irait-elle ? Accepterait-elle de prendre la jument et sa pouliche sur-le-champ ? Sam croisa les doigts en le souhaitant très fort.

— Après tout, reprit Lanceur de foin, nous avons souvent placé des poulains orphelins.

— J'accepte, annonça Mme Allen lentement. Si le docteur Scott pense que c'est la meilleure solution. Et si une certaine jeune fille honore la promesse qu'elle m'a faite.

Norman White, lui, n'était pas prêt à lâcher prise. L'index pointé, il entreprit de compter chaque mustang présent dans le corral des inaptes à l'adoption.

— Vous voulez tous ces chevaux, plus la jument et la pouliche, vous êtes sûre ? insista-t-il. Les treize ?

Mme Allen hésita quelques instants, puis lui répondit :

— Ah non, ça, je ne le peux pas !

Sam se mordit la lèvre si fort qu'elle eut peur de s'être fait saigner. Le docteur Scott avança le cou comme s'il tendait l'oreille parce qu'il avait mal entendu. Norman White eut un petit rire, satisfait de constater qu'il avait eu raison de s'attendre à un contretemps.

— Non, le chiffre treize me porterait malheur, ajouta alors Mme Allen. Monsieur White, je vous laisse le choix du numéro quatorze. Trouvez-moi un cheval supplémentaire, s'il vous plaît. Et assurez-vous bien que ce soit un vrai perdant aussi.

CHAPITRE 11

Sam et Mme Allen quittèrent le Centre de Willow Springs avant le docteur Scott.

— Je te raccompagne chez toi, annonça Mme Allen à Sam. Si tu veux que je parle à Wyatt et à Grace pour toi, je peux le faire.

À peine Mme Allen avait-elle démarré que Sam constata avec soulagement que celle-ci, même fatiguée, pouvait conduire. Ainsi, par bonheur, la vieille femme prit les virages deux fois moins vite qu'à l'aller, et elle ralentit même au pas ou presque pour traverser le défilé du Chas de l'aiguille et négocier les virages vers la grand-route en contrebas qui menait ensuite vers le ranch du Méandre.

— Ne vous sentez pas obligée d'entrer, répondit Sam. En fait, vous devriez en profiter pour faire un petit somme dans la voiture pendant que je prends quelques affaires et mon sac de couchage. Je leur demanderai de venir vous voir uniquement s'ils font des difficultés.

Mme Allen sourit, et sa fatigue sembla s'estomper un peu. Sam restait d'avis que la journée avait été bien trop remplie pour la vieille femme. Et elle n'était pas encore terminée.

Le docteur Scott avait offert de transporter la jument et sa pouliche le soir même jusqu'au ranch des Cerfs. Il voulait leur laisser le plus de calme possible en attendant, pour qu'elles supportent le transfert au mieux.

Dès que Mme Allen avait accepté que Sam dorme dans sa grange, tous trois s'étaient mis d'accord sur la meilleure façon de préparer le box pour que mère et petit y soient confortablement installés. Cela fait, Sam et Mme Allen entameraient une longue nuit de veille.

Lorsqu'elles se garèrent dans la cour du Méandre, Sam remarqua aussitôt que le pick-up de son père n'était pas là. Elle poussa un soupir de soulagement, heureuse à l'idée qu'il soit absent. La veille, elle s'était montrée insolente et puérile. Elle lui devait des excuses.

Toutefois, elle n'était pas encore prête à admettre qu'elle s'était trompée. En outre, son plan B avait fonctionné à merveille.

— Je reviens tout de suite, enfin, j'espère, dit Sam à Mme Allen.

Elle traversa la cour en courant, sauta sur les marches du perron et se rua dans la cuisine.

Une bonne odeur de sauce tomate lui chatouilla les narines, mais elle décida de ne pas se laisser séduire. Ayant à peine dit bonjour à sa grand-mère, elle se lança dans l'explication de la raison pour laquelle elle voulait partir alors qu'elle venait juste d'arriver.

Coupant net son flot de paroles, Grand-Mère Grace dit :

— Ce Darrell t'a encore appelée. Cette fois, il a laissé un numéro.

— Oh, je le rappellerai plus tard. Je préfère te raconter ce qui s'est passé depuis ce matin.

Finalement intriguée, Grand-Mère Grace écouta sa petite-fille jusqu'au bout.

— Bien sûr que tu peux aller les aider, décréta Grand-Mère Grace. Par contre, je ne te veux pas seule dans ce box avec un mustang, ajouta-t-elle en suivant Sam dans sa chambre à l'étage. Même une jument docile devient imprévisible quand elle vient de mettre bas.

Loin de la dissuader, l'inquiétude de Grand-Mère Grace fut une source d'inspiration pour Sam. Elle ouvrit son placard et fureta à l'intérieur jusqu'à ce qu'elle trouve les « sacoches d'urgence » que sa grand-mère l'avait obligée à préparer lors des premières neiges à l'automne. Elles contenaient une trousse de premiers secours, une paire de gants d'hiver, des chaussettes de rechange et des allumettes. Sam était censée les emporter quand elle partait à cheval avec Jen.

— Je vais prendre ces sacoches, dit Sam, et je ferai attention.

Elle pensa que sa grand-mère se satisferait de cette réponse, mais lorsqu'elle releva la tête après avoir plié une chemise sur son lit, elle remarqua son air dubitatif.

— Je ferai attention. Je fais toujours attention, répéta-t-elle.

— Samantha Anne, d'où sors-tu un tel aplomb ? s'insurgea Grand-Mère Grace, avant de poser ses mains sur les épaules de sa petite-fille. Mais bon, ajouta-t-elle, il est vrai que Trudy pourrait avoir besoin de toi. Peut-être cette aventure l'aidera-t-elle à se remettre sur pied.

— Grand-Mère, est-ce que Mme Allen est malade ? demanda Sam en faisant glisser la fermeture Éclair de son sac de sport en Nylon. Ou bien seulement... enfin juste... vieille ?

Face à sa petite-fille qui posait la question avec un geste d'embarras, Grand-Mère Grace prit un air étrangement amusé.

— Elle n'est pas malade, du moins je ne le pense pas, répondit-elle enfin, avant de s'interrompre, les sourcils froncés. La peinture a toujours énormément compté pour Trudy, reprit-elle. Elle passait des jours et des nuits dans son studio à peindre, au lieu de s'occuper de son mari, de ses enfants, ou de ses amis. Je crois que le jour où elle a ouvert les yeux, c'était trop tard. Ils étaient tous partis.

— Tu étais l'une de ses amies... ?

— Quand nous étions jeunes, oui. Ensuite, elle a cessé d'avoir le temps de me voir, et puis...

Grand-Mère Grace haussa à son tour les épaules.

— C'est triste lorsque vos chemins s'éloignent, mais il n'y a aucune raison que la distance soit définitive.

Grand-Mère Grace sembla surprise par ses propres paroles.

Sam glissa son appareil photo dans une des sacoches et nota qu'elle avait vraiment besoin d'acheter une lanière. L'appareil photo serait bien protégé par les chaussettes, mais il aurait mieux valu qu'elle le porte autour du cou. Mme Ely répétait sans cesse qu'une catastrophe était vite arrivée avec un objet aussi fragile. Sam en avait fait elle-même l'expérience[1].

Elle prit son sac, prête à partir.

— Laisse-moi t'accompagner jusqu'à la voiture, lui dit Grand-Mère Grace en lui emboîtant le pas. Je vais dire bonjour à Trudy.

1. Voir *Cheval fantôme – Une jument dans les flammes.*

*

Étant donné que Sam avait déjà passé plusieurs jours à travailler au ranch des Cerfs, elle n'eut aucun mal à nettoyer le box et à le remplir de paille fraîche. En revanche, elle trouva étrange d'entrer dans la maison de Mme Allen pour y dîner.

Assise devant une table en acajou encombrée d'objets divers et variés, Sam attendit que la vieille femme sorte des plateaux télé du micro-ondes.

— Je sais que ta grand-mère ne t'a pas habituée à ce genre de repas, dit Mme Allen en posant les deux portions préparées à côté de deux canettes de soda.

— Ça a l'air très bon, lui répondit Sam.

Elle était sincère. Sa grand-mère était partisane d'une alimentation saine et copieuse comme on a l'habitude d'en manger dans les ranchs, et Sam avait rarement l'occasion de goûter des plats préparés dans de jolies petites boîtes. Sans compter qu'elle n'avait jamais le droit de boire de soda pendant les repas.

Elles mangèrent en silence. Puis une vieille horloge sonna quelque part dans la maison.

— Eh bien, le docteur Scott prend son temps, fit remarquer Mme Allen. J'espère que tout va bien.

Sam tâcha de ne pas se laisser gagner par l'inquiétude et se concentra sur son dîner. Après quelques bouchées supplémentaires, elle se rendit compte que les portions de ces petits plateaux astucieux n'étaient pas bien grandes.

— Vous ne pensez pas que la jument préférerait être mise avec Calico, Poil de Carotte et Juge, plutôt que seule dans la grange ? demanda Sam.

Avant de répondre, Mme Allen avala d'une seule cuillerée son dessert.

— Elle s'isolerait si elle faisait partie d'un troupeau, dit-elle enfin, et elle ne reviendrait pas tant que son petit ne serait pas capable de se défendre contre les autres chevaux.

Mme Allen avait parlé comme une experte. Sam repensa à ses tableaux de chevaux sauvages mis de côté dans son studio.

— Vous aimez les mustangs, dit-elle à la vieille femme.

— Oui, bien que ce soit presque considéré comme une entorse à la loi par ici, maugréa Mme Allen en commençant à débarrasser la table.

— Que faites-vous de vos tableaux alors ? Ceux sur les chevaux sauvages ?

Sam attendit une réponse de Mme Allen, en vain.

— Pourquoi avez-vous décidé de peindre ces autres trucs ? insista Sam.

— Ces autres trucs, comme tu dis, paient les factures, lui rétorqua Mme Allen d'un ton sec.

Sam se mordit la langue. Quand apprendrait-elle que les adultes devenaient susceptibles quand on parlait d'argent ?

Mme Allen nettoyait son évier dans sa cuisine lorsqu'elle se décida à reprendre la parole :

— Il y a quelques années encore, les mustangs étaient mon sujet favori. Mais ces tableaux ne se vendaient pas. Dommage. À l'époque, on aurait dit que l'étalon blanc me priait littéralement de faire son portrait.

Les pensées de Sam se précipitèrent. Quelques années plus tôt, le Fantôme était noir comme l'ébène. Les poils de sa robe n'avaient que récemment assez pâli pour paraître blancs au clair de lune.

— Quel étalon blanc ? demanda-t-elle.

— Qui sait, répondit Mme Allen en s'adossant au plan de travail. Il y en a toujours eu un dans cette prairie. Je n'ai jamais voulu m'en approcher. Je préfère qu'il reste une énigme.

Sam se dit qu'elle et Mme Allen étaient définitivement différentes. Elle ne pouvait s'imaginer renonçant à tout savoir sur le Fantôme.

— J'aimerais bien revoir vos tableaux. Cette fois, je veux prendre le temps de les étudier. En fait, j'ai moi-même le projet de photographier des chevaux sauvages.

Sam attendit de trouver un moment propice pour parler discrètement de la photo qu'elle avait prise d'un mustang qu'elle avait surnommé le Marteau et qui avait fait la une du journal local[1], ou encore évoquer le concours de la Magie de la nuit pour lequel elle avait été sélectionnée.

— Bien sûr, tu peux les revoir, lança Mme Allen sans même relever l'allusion de Sam. J'ai perdu l'envie de peindre les chevaux sauvages, mais pas l'envie de peindre tout court. Progressivement, je me suis tournée vers ces plantes carnivores. Elles me rapportent une belle petite somme, ajouta-t-elle en repoussant une mèche de cheveux de son visage, mais je ne peux pas dire qu'elles me donnent envie de me lever le matin.

Un hennissement flotta du corral jusqu'à elles. Sam tourna la tête vers la fenêtre. Entre les deux lourds rideaux de velours, elle remarqua que la nuit était tombée. Des bruits sourds de sabots dans la terre s'élevèrent, et des pneus crissèrent sur le gravier de l'allée. Le docteur Scott était arrivé.

Le transfert de la jument et de la pouliche depuis le van capitonné jusqu'au box se révéla un jeu d'enfant.

1. Voir *Cheval fantôme – Une jument dans les flammes.*

Sam et Mme Allen se postèrent chacune d'un côté de la rampe, les bras ouverts, et la jument fit exactement ce qu'on attendait d'elle. Elle descendit du van et entra dans le box en s'assurant que sa pouliche restait serrée contre son flanc.

— Avec tout le temps qu'elle a passé dans les corrals, elle a appris les règles, constata le docteur Scott en verrouillant la porte du box.

— Selon Brynna, ces chevaux sont passés de centre en centre, dit Sam. C'est à se demander comment la petite peut se porter si bien.

Debout dans un coin du box, la pouliche balança l'encolure en un mouvement ample. Incapable de voir, elle découvrit son nouvel environnement en dilatant les naseaux et en pointant ses oreilles dorées bien trop hautes pour sa minuscule tête.

Lorsque sa mère la lécha de sa langue rose large comme un gant, la pouliche bascula et culbuta. Elle apparut toutefois heureuse de s'étirer dans la paille et de laisser sa mère la nettoyer.

— Est-ce que vous leur avez déjà choisi un nom ? demanda le docteur Scott.

— La pouliche s'appellera Espérance, annonça Mme Allen, les sourcils arqués, visiblement prête à se défendre si on l'accusait de sentimentalité. Pour plusieurs raisons qui vont de soi.

Épuisées par le voyage, jument et pouliche s'assoupirent. Espérance, les membres repliés sous son frêle corps et le menton posé dans la paille fraîche. Sa mère, debout, tout près d'elle, la queue et l'encolure basses, les yeux fermés.

Doucement, le docteur Scott détailla à Sam et à Mme Allen l'examen médical qu'il avait pratiqué à Willow Springs pour savoir si Espérance était en bonne santé. Selon lui, tous ses réflexes étaient bons.

— L'employé m'a dit qu'au bout de deux heures, ajouta-t-il, elle était debout, après s'être hissée sur ses pattes sans l'aide de personne ; et elle a bu son premier lait tout de suite. Apparemment, elle a eu, et elle a toujours d'ailleurs, des difficultés à trouver les mamelles de sa mère. Ce problème les rend anxieuses toutes les deux, mais ça se comprend.

Le box était aussi grand qu'une chambre. Sam ferma les yeux et s'imagina essayant de trouver un objet aussi gros qu'un cheval, les yeux bandés, dans sa propre chambre. Ce ne serait pas trop difficile, à condition que l'animal ne bouge pas.

— Pourquoi ne pas utiliser des clochettes ? suggéra Mme Allen. J'en ai qui appartenaient à mes enfants quand ils étaient petits. Elles sont cousues sur une sursangle[1]. Ils la mettaient à leur poney quand ils l'attelaient pour tirer leur luge.

1. Sangle utilisée pour maintenir en place un tapis de jour ou de nuit.

Mme Allen sourit à ce souvenir.

— Je parie que ça lui ferait un collier parfait, ajouta-t-elle en indiquant la jument du doigt. Si elle a ça autour du cou, Espérance la trouvera plus facilement.

— Quelle bonne idée ! s'exclama le docteur Scott en frappant des mains.

La jument s'ébroua avant même d'ouvrir les yeux. Puis elle parcourut rapidement le box du regard et s'endormit de nouveau.

Une fois que Mme Allen eut retrouvé la sangle en cuir ornée des clochettes, le vétérinaire se mit au travail.

Il n'avait pas encore ouvert la porte du box que, les oreilles pointées en avant à l'affût de ce tintement inconnu, la jument s'était déjà préparée à affronter le danger.

Le docteur Scott eut bien du mal à lui passer le collier de fortune sur la tête. Une demi-heure plus tard, le pauvre vétérinaire se frottait les tibias et soulevait les revers de son pantalon pour voir où exactement les coups de sabot de la jument avaient porté.

— On dirait que quelqu'un m'a frappé à coups de batte de base-ball, marmonna-t-il. Mais on y est arrivé et, maintenant, ton bébé saura où te trouver.

Mme Allen raccompagna le vétérinaire jusqu'à son van. Sam rapprocha les pans de sa veste doublée de peau de mouton, et entreprit de passer en revue la liste manuscrite des points à vérifier que le docteur Scott lui avait laissée. Puis elle regarda sa montre. Sept heures ? Elle aurait dit minuit. Elle en était à se demander dans quel coin elle déplierait son sac de couchage lorsqu'elle entendit un autre véhicule arriver et se garer dans la cour.

— Bonsoir, Jake, lança le docteur Scott.

Jake ? Sam boutonna sa veste et enfonça les mains dans ses poches. Que venait-il faire ici ?

Jake ne pouvait s'empêcher de vouloir protéger Sam, mais ce soir-là, elle ne risquait rien. Les yeux de la jument étaient fermés et elle tenait un de ses postérieurs au repos, posé sur la pointe du sabot. Quant à Espérance, elle était maintenant étalée sur le flanc, presque recouverte par l'épais lit de paille. Jake n'avait aucune raison de s'inquiéter. Toutefois, son arrivée intempestive n'augurait rien de bon.

Il apparut à l'entrée de la grange. Il portait une veste en cuir qui était ouverte sur une chemise de flanelle verte. Ses cheveux noirs reflétant les lumières au plafond, il s'approcha de Sam en boitant. Il avait des bottes aux pieds. Deux bottes.

— Où est ton plâtre ? s'exclama Sam.

— Je l'ai découpé, lui répondit Jake avec fierté, en s'efforçant de claudiquer le moins possible pour avoir belle allure.

— Tu l'as découpé ? A... avec quoi ? Une tronçonneuse ? ironisa Sam, tout en bredouillant légèrement d'inquiétude malgré tout. Est-ce que les docteurs ne sont pas censés faire ça eux-mêmes ? Et tes parents, qu'est-ce qu'ils ont dit ?

— Ma mère s'est mise en colère. Mon père, lui, m'a averti que si je me cassais de nouveau la jambe, il ne viendrait pas me chercher. Du coup, ma mère ne lui parle plus à lui non plus.

La pouliche s'agita dans la paille et Sam baissa la voix :

— Comment peux-tu raconter tout ça avec le sourire ?

Jake haussa les épaules et Sam leva les yeux au ciel. Seul le retour de Mme Allen l'empêcha de lui dresser l'inventaire de toutes les raisons pour lesquelles il avait eu tort de prendre cette décision.

On voyait que la vieille femme avait eu une rude journée. Une traînée de terre maculait l'ourlet de sa jupe ; les pans de son chemisier blanc étaient sortis de sa ceinture ; et plusieurs mèches de ses cheveux s'étaient échappées de sa barrette.

Jake, qui se tenait devant la porte du box, s'écarta pour la laisser regarder ses nouveaux chevaux. Lorsqu'elle se retourna vers Sam, elle avait un sourire satisfait aux lèvres.

— Est-ce que tu as remarqué que c'est une *medicine hat* ?

Sam observa la pouliche à la robe blanche et dorée.

— C'est un type de robe pie ? demanda-t-elle. Je sais que ça existe, mais j'ignore comment on les reconnaît.

— Ce sont des chevaux avec des marques que certaines tribus indiennes considéraient comme sacrées. Tu dois être au courant, ajouta Mme Allen en regardant Jake, la tête penchée pour l'encourager à parler.

— Je suppose que mon grand-père l'est, lui répondit Jake en baissant les paupières avec un air ennuyé. Personnellement, je ne crois pas ce que je ne vois pas de mes propres yeux.

— Je me demande ce qu'Espérance dirait de tes propos si elle savait parler, répliqua Mme Allen avec un sourire laissant entendre que Jake se comportait vraiment comme un adolescent. Puisqu'il en est ainsi, je vais vous faire part de ma science dans le domaine, ajouta-t-elle. Vous voyez comme ses oreilles et le dessus de sa tête sont d'une teinte dorée très foncée ? Et vous avez remarqué la tache sombre en forme de bouclier sur son poitrail ? Pour certaines tribus, c'étaient là des signes que le cheval était sacré.

— Vraiment ! s'exclama Sam, aussitôt captivée, tandis que Jake marmonnait dans sa barbe.

Sans prêter attention ni à l'un ni à l'autre, Mme Allen poursuivit :

— Les pie qu'on appelle les *medicine hat* ont toujours été considérés comme des chevaux invulnérables. On les montait pendant les grandes parties de chasse et on les utilisait aussi pour les cérémonies religieuses. Comme Espérance, la plupart des *medicine hats* ont le corps blanc, ce qui permettait de s'en servir comme d'une toile. Les symboles que leurs cavaliers y peignaient ou les empreintes de mains qu'ils y apposaient ressortaient et brillaient sur leurs poils blancs. Le tout les auréolait d'une puissance plus grande encore.

Jake leva les yeux au ciel. Mme Allen feignit de n'avoir rien remarqué. Elle bâilla et souffla un baiser en direction de la pouliche.

— Pauvre petite fille, j'espère que tes pouvoirs te protégeront.

Un pigeon perché sur une des poutres au-dessus de leur tête roucoula et se lissa les plumes, puis la grange tomba dans le silence.

— Bien, reprit Mme Allen au bout d'un moment. Je vois que ces chevaux sont entre de bonnes mains. Samantha, puisque je n'ai pas d'autre solution, je vais mettre ta promesse à l'épreuve. Si nécessaire, ensuite, j'engagerai quelqu'un pour m'aider. Pour l'heure, la journée a été trop longue et trop remplie pour une vieille femme comme moi. Mais je laisserai la fenêtre de ma chambre entrouverte. S'il y avait quoi que ce soit, cours jusqu'à la maison en criant et je t'ouvrirai la porte immédiatement.

— D'accord, madame Allen.

La vieille femme s'éloigna. Une fois sur le pas de la porte, elle se retourna.

— Je sais que ta grand-mère est très exigeante en ce qui concerne les bonnes manières, mais je pense qu'elle accepterait que tu m'appelles Trudy, dit-elle à Sam. Après tout, d'une certaine façon, nous sommes en train de devenir des partenaires.

— Merci... Trudy, s'entraîna Sam tout en sachant que cela ne semblait pas naturel.

— Quant à toi, Jake Ely...

— Oui, madame ?

— Merci pour ton aide. Tu peux rester aussi longtemps que tu le souhaites.

Sam se retint de gémir. Elle ne revit pas non plus à la baisse l'opinion nouvelle qu'elle venait de se faire de Mme Allen. Mais quel besoin la vieille femme avait-elle eu d'offrir à Jake l'occasion rêvée de lui donner des ordres ? Parce qu'il était plus âgé ? Parce que c'était un garçon ?

Il faudrait que Trudy et elle aient une petite conversation. Et vite.

Mme Allen quitta la grange et traversa la cour. Il se passa plusieurs minutes avant que Sam n'entende la porte de sa maison s'ouvrir et se fermer.

Quoi que Jake en pense, il n'était pas le maître à bord, se persuada Sam. Et elle ne lui laisserait pas penser que c'était le cas une seule seconde. Les bras croisés, elle attendit que Jake lui explique la raison de sa présence.

Lui regardait les chevaux. Puis il leva la tête pour observer l'éclairage onéreux au plafond. Avant de porter le poids de son corps sur sa jambe qui n'était pas blessée.

Sam connaissait son petit jeu. Comme si de rien n'était, elle s'approcha et s'adossa à la porte du box. Au passage, elle huma une odeur de savon. Jake avait dû prendre une douche avant de venir. Sam, elle, ne s'était pas lavée depuis la veille et elle sentait probablement le cheval.

Certes, ce détail la dérangeait, mais pas assez pour qu'elle se laisse impressionner par la stratégie de Jake. Il attendait qu'elle lui donne l'occasion de la sermonner. Elle ne lui ferait pas ce plaisir.

Au bout d'un moment, il serra les mâchoires d'impatience, et Sam sourit.

S'il espérait la voir tomber sous ses griffes, il avait tout intérêt à aller chercher son sac de couchage.

CHAPITRE 12

— C'est une mauvaise idée, finit par dire Jake.

Sam ne pouvait plus garder le silence non plus.

— Si tu savais comme tu as tort, lâcha-t-elle. Je ne sais même pas par où commencer pour te le faire comprendre.

— Le refuge pour chevaux sauvages, passe encore, marmonna Jake.

— Oh, comme c'est merveilleux ! ironisa Sam. Mme Allen a beaucoup de chance. Qu'aurait-elle fait si tu t'y étais opposé ?

Jake se grandit le plus possible pour avoir tout loisir de regarder Sam de haut.

— Elle devrait élever du bétail. De plus en plus, dans cette région, les maisons et les centres commerciaux remplacent les bêtes sur des terres qui leur étaient réservées. En plus, les gens ont besoin de se nourrir.

Jake s'interrompit, tiraillé par des sentiments contradictoires.

— Je comprends, ces terres lui appartiennent, concéda-t-il. Mais un refuge pour chevaux représente beaucoup trop de travail pour une vieille dame comme elle. Même si elle prend des employés pour l'aider.

— À mon avis, elle s'en sortira, décréta Sam.

Ce disant, elle compara intérieurement la Mme Allen qui, une semaine plus tôt seulement, avait presque titubé de sa maison jusqu'au corral pour aller parler à ses chevaux, à celle qui, le jour même, avait tenu tête à Norman White.

— En fait, reprit Sam en baissant la voix, j'ai le sentiment que ce refuge la gardera en vie plus longtemps, parce qu'elle lui donnera une raison valable de s'accrocher, tu vois ce que je veux dire ?

Jake répondit par un haussement d'épaules que Sam aurait pu interpréter comme un geste méprisant si elle n'avait pas su Jake trop gentil pour cela. Du moins, c'est ce qu'elle pensa... durant quelques secondes.

— De toute façon, elle ne reviendra pas sur son idée de refuge, reprit Jake. Par contre, tu peux me dire ce que tu vas faire d'une pouliche aveugle ?

— Voyons... Ah, je sais ! railla Sam. La sauver d'une mort prématurée. Ouais, c'est exactement ce que je veux faire.

— Je suis sérieux, Sam.

— Peut-être, mais si je deviens sérieuse aussi, je risque de te gifler, parce que j'ai vraiment envie de le faire ! Jake, est-ce que tu te rends compte qu'une tractopelle creusait déjà un trou à Willow Springs pour y jeter les corps !

Derrière eux, les clochettes tintèrent. La jument piaffa. Elle en avait assez de leur dispute.

— Sortons d'ici, ordonna Jake.

Sam le suivit à son corps défendant. Elle ne voulait pas déranger la jument, qui était épuisée, ni la pouliche, qui dormait, mais elle détestait avoir à obéir à Jake. Elle le soupçonnait toujours de se faire un malin plaisir à jouer l'adulte qui a la charge d'une enfant grognon.

— Je reformule ma question, répéta Jake une fois dehors. Quel est l'intérêt de sauver une pouliche aveugle ? Tu veux l'aider à vivre dans le noir ?

— C'est méchant ce que tu dis.

— Tu sais que c'est vrai.

— Pas forcément. Elle se comporte normalement. Elle ne saura jamais ce qu'elle perd. Elle a sa mère qui va lui apprendre ce qu'elle doit savoir, un troupeau, et un box bien chaud où se reposer. C'est mieux que la mort.

— Je n'en sais rien, Sam. Pas si tu penses à tous les dangers que ces animaux peuvent rencontrer.

Sam savait à quoi Jake faisait allusion. Un jour, Compère, la petite génisse de Sam, s'était échappée d'un corral et avait bien failli mourir sous les crocs d'une paire de coyotes[1]. Sam repensa aussi à tous les combats d'étalons, les incendies, les inondations, auxquels elle avait assisté. Dans chaque cas de figure, un cheval aveugle serait diminué et s'en tirerait difficilement.

— Voilà, tu sais ce que j'étais venu te dire, conclut Jake en pivotant sur un talon, prêt à partir.

Sam se fiait toujours à l'opinion de Jake, mais cette fois, elle n'était pas d'accord avec lui. En outre, tourner le dos et s'éloigner d'un air fier n'était pas une façon de terminer une discussion.

— Tu n'es venu ici que parce que tu es curieux, lança-t-elle.

Jake ne s'arrêta même pas, et Sam comprit que les piques n'étaient pas non plus le meilleur moyen de mettre fin à une dispute.

— Jake, arrête-toi, corrigea-t-elle.

La réaction ne fut pas différente. Sam s'élança alors derrière Jake, comme elle l'avait toujours fait. Elle espéra que Mme Allen était une bonne dor-

1. Voir *Cheval fantôme – L'étalon sauvage.*

meuse, parce que la « môme » n'hésiterait pas à hurler pour remettre monsieur Jake à sa place.

— Tu crois vraiment que je devrais me désintéresser de cette pouliche ? insista-t-elle en se hâtant de le rattraper. C'est ce que tu veux me dire ?

Jake passa devant son pick-up sans s'arrêter et continua en direction de l'allée, comme s'il avait décidé de rentrer à pied pour se calmer les nerfs.

Qu'à cela ne tienne, Sam ne le lâcherait pas d'une semelle.

Cela dit, il lui fut vite difficile de regarder sans aucune anxiété les hautes herbes qui bordaient l'allée. Elles étaient presque aussi grandes qu'elle. Le vent s'y engouffrait et les faisait onduler et bruire comme si quelqu'un s'y glissait juste à ses côtés. Sam allongea encore le pas, plus désireuse que jamais de rejoindre Jake. Mais ce dernier avait beau boiter, il avançait vite.

— Comment veux-tu que je ne m'inquiète pas pour elle ?

Jake ne se retourna pas davantage. Outre le fait qu'il la rendait folle, Sam ne comprenait pas ce qu'il avait dans la tête. Il était presque arrivé au niveau de la cabane dans l'arbre.

« Il faudrait vraiment que quelqu'un coupe ces herbes », se dit Sam. La nuit était tombée et elle avait le sentiment de plus en plus étrange d'être un soir d'Halloween.

— Jake, cette pouliche a besoin d'aide. Tu l'abandonnerais ? hurla-t-elle.

Là-dessus, elle s'arrêta net.

Si elle poursuivait son chemin, elle continuerait à crier, ce qui ne servirait à rien. Il était temps qu'elle fasse demi-tour et qu'elle aille veiller sur le bébé. Au diable Jake.

Sam n'avait fait que quelques pas dans la direction opposée lorsque, soudain, Jake apparut à ses côtés.

— Qu'est-ce qu'il y a ? lui aboya-t-elle au nez.

Le clair de lune fit miroiter la chevelure noire de Jake. C'est alors que Sam se rendit compte qu'il n'avait pas de chapeau. Vêtu de cette chemise boutonnée devant, et non de ses sempiternels tee-shirts, il aurait pu être séduisant, s'il n'avait pas eu l'air à ce point en colère.

— Qu'est-ce qu'il t'arrive, Sam ? lui demanda-t-il. Tu as Caïd ; c'est un gentil cheval, bien dressé, qui t'adore, mais tu persistes à poursuivre le Fantôme. Tu as Jen, une véritable amie qui ne te veut que du bien, et tu lui fausses compagnie pour passer ton temps avec cette vieille folle de Mme Allen.

Jake s'étouffait de colère, mais il n'en avait pas terminé :

— Tu m'as, *moi,* gronda-t-il, un ami bien plus tolérant que tu ne le mérites, et voilà que tu commences à traîner avec Darrell.

— Quoi ?!

Sam s'en serait étranglée de stupeur.

— Tu es complètement fou !

— Ne crois pas que je n'ai pas entendu que...

Jake s'interrompit, les yeux écarquillés.

Derrière Sam, les herbes cessèrent de bruire et donnèrent soudain l'impression de se casser. Puis la peau chaude d'un cheval heurta l'épaule de Sam. Projetée en avant, elle trébucha, non sans apercevoir une forme blanche du coin de l'œil.

Le Fantôme. Tel un monstre mythique plein de fureur vengeresse, l'étalon se rua vers Jake. Il avait la tête basse et les dents dégagées, prêtes à mordre. Tel un serpent, il balança l'encolure de droite à gauche, et Sam comprit. Il ne voulait pas attaquer Jake. Il voulait le chasser, comme il aurait écarté un étalon gênant des juments de son troupeau. Il le menaça d'un grondement sourd l'avertissant qu'il avait tout intérêt à s'éloigner de Sam.

Jake, lui, n'avait aucune envie qu'on lui donne des ordres. Il fit un pas de côté si vivement que le Fantôme le manqua. Alors, avec la superbe d'un matador, Jake se tourna et fit claquer le plat de sa main sur la croupe de l'étalon.

C'en était trop. Le Fantôme fit une pirouette et se planta face à Jake. Sam sentit que la petite tape avait poussé l'étalon au-delà de la simple irritation. Les naseaux dilatés, il agita la tête et, les yeux ainsi dégagés de son épais toupet, il frappa le sol d'un antérieur.

Jake se figea, comprenant que l'étalon lui lançait un défi.

— Non ! s'écria Sam.

Elle regretta aussitôt sa réaction. L'étalon, surpris, recula d'un pas et posa des yeux doux sur Sam, l'air blessé qu'elle refuse l'aide qu'il lui proposait.

En un éclair, tout était fini. D'un bond puissant mais fluide et léger, le Fantôme sauta dans les hautes herbes, qui s'écartèrent avant de se refermer pour l'engloutir. Le Fantôme avait disparu.

— Merci bien, Jake ! s'entendit Sam dire avec surprise.

Elle était déçue. Depuis des semaines, elle priait que le Fantôme se souvienne qu'elle était un être humain en qui il pouvait avoir confiance. Et voilà que, dès qu'il exauçait ses vœux, elle le rejetait violemment.

— Je suis désolé de t'avoir obligée à choisir entre lui faire peur ou le laisser me mettre en pièces, dit Jake, sans aucune sympathie.

Ils étaient de retour devant la grange. L'éclairage dessinait un rectangle doré sur le pas de la porte. Sam mourait d'impatience de se retrouver à l'intérieur, bien qu'elle eût volontiers passé la nuit dehors dans le froid si elle avait pensé qu'il y aurait eu une chance que l'étalon revienne.

Un grincement se fit entendre. Jake avait ouvert la portière de son pick-up, puis il appela Sam à voix basse :

— Tu sais, au sujet de Caïd, Jen et moi...

— Tu étais juste en colère, c'est ça ?

— Non, ce que je voulais dire, c'est qu'à moins de vouloir absolument souffrir, pourquoi ne choisis-tu pas des valeurs sûres une fois dans ta vie ?

*

À deux heures du matin, Sam posa le crayon et la feuille de papier qu'elle utilisait pour tracer la courbe des repas pris par Espérance. Elle n'avait eu aucun mal à se tenir éveillée. Entre son sentiment de culpabilité pour ses devoirs non faits, son malaise par rapport aux accusations de Jake, et les allées et venues incessantes de la jument dans son box, elle n'avait pas fermé l'œil un seul instant.

Elle prit d'abord la décision qu'elle consacrerait sa journée du lendemain à rattraper son retard à l'école et que Mme Allen devrait veiller seule sur la pouliche.

Puis elle en vint à la conclusion que ni Jake ni elle n'avaient tort. Depuis que Sam avait fait cette chute de cheval deux ans plus tôt, alors qu'elle était montée sur Blackie, et que Jake s'était mis dans la tête que la faute lui en incombait, il la surprotégeait. En conséquence, quoi que fasse Sam, Jake considérait qu'elle se mettait en danger.

Il était vrai que Sam ne pouvait résister au plaisir immense que lui procuraient les chevaux sauvages. Son cœur s'emballait dès qu'elle en voyait un, et rien ne la satisfaisait davantage que de les aider.

Mais il était faux de dire qu'elle n'aimait pas ses amis. Si Caïd avait été présent cette nuit-là, elle l'aurait serré fort dans ses bras et aurait déposé un baiser sur le bout de son nez velouté. Elle aurait pris Jen dans ses bras aussi. Voire Jake, à condition qu'il accepte de se laisser faire.

Pour l'instant, néanmoins, la jument et sa pouliche avaient la priorité.

Épuisée par son premier jour de vie, Espérance dormait, trop profondément. Il aurait fallu qu'elle se réveille pour s'alimenter. Seules les calories du lait de sa mère fortifieraient ses muscles.

La jument était agitée. Ses mamelles étaient gonflées et, à la voir tourner sans cesse en rond dans le box, Sam en déduisit qu'elles la gênaient.

— C'est dur d'être maman, murmura Sam. Si tu me laisses entrer, je réveillerai ton bébé.

La jument lui répondit par un petit hennissement grave qui ressemblait à une invitation, mais

Sam n'avait pas oublié l'avertissement de sa grand-mère. Les juments mères étaient imprévisibles.

Sam alla chercher dans la graineterie une poignée de granulés floconnés à la mélasse de canne à sucre, puis elle ouvrit la porte du box et éparpilla les céréales dans la mangeoire.

Au lieu de se tourner vers cette dernière, la jument choisit de s'intéresser aux céréales qui étaient tombées par terre. Elle baissa la tête et renifla le sol, les yeux toujours fixés sur Sam.

Dès qu'elle fut occupée à manger, Sam se glissa le long de la cloison du box. Elle comptait sur le fait que la jument, habituée à une année entière de captivité, ne chargerait pas.

C'est alors qu'un bruit semblable à la pluie qui tambourine attira l'attention de Sam. Le lait de la jument gouttait sur la paille, alors qu'Espérance avait besoin de chaque millilitre de cette source de nutrition.

— D'accord, ma belle, dit Sam à la jument d'une voix douce et chantante. Puisque mademoiselle la paresseuse ne veut pas se réveiller d'elle-même, je vais lui donner un petit coup de pouce.

À la voix de Sam, la jument agita la tête et frappa du sabot, mais elle continua à chercher les céréales dans la paille du bout du nez.

Avec précaution, Sam s'accroupit près de la pouliche endormie. Sous son toupet couleur de miel,

Espérance battit des cils. Ses côtes se soulevèrent, et elle inspira l'air profondément. Puis soudain, elle ouvrit les yeux. Sam se figea. Avant de se souvenir que, même si elle la regardait, la pouliche ne la voyait pas.

— Chut... fit Sam.

Si Espérance poussait un petit cri de peur, sa mère s'affolerait. Si celle-ci chargeait, Sam et Espérance pourraient être blessées.

— C'est l'heure du goûter de minuit, ma belle, murmura Sam. L'heure bien sonnée.

La pouliche soupira et ses antérieurs remuèrent dans la paille. Sam se pencha en avant et passa les bras sous son corps. À ce moment précis, ressentant soudain la faim, la petite sortit sa langue à la recherche des mamelles de sa mère, et c'est la joue de Sam qu'elle lécha.

Le cœur de Sam chavira. Comment abandonner à la mort un petit être si confiant ?

La jument leva légèrement la tête du sol. Des brins de paille collés aux lèvres, de nouveau elle regarda Sam avec méfiance. Au même instant, Espérance referma brusquement la bouche sur le nez de Sam. Celle-ci ne put s'empêcher de rire. Toutefois, sa gaieté ne dura pas longtemps. Une oreille pointée vers l'arrière, l'encolure tendue, la jument s'approcha. Heureusement, elle hésita encore, incapable de déterminer si Sam ferait du mal à son bébé ou non.

D'un geste doux mais rapide, Sam repoussa la tête de la pouliche et l'aida à se mettre debout.

— Tu as eu une bonne idée, lui dit-elle, mais je ne suis pas ta maman. Elle est juste là, tu l'entends ?

Aussitôt perchée sur ses minuscules sabots, Espérance s'avança d'un équilibre incertain dans la direction où tintaient les clochettes accrochées au cou de sa mère. La voyant faire, la jument agita plusieurs fois la tête en hennissant pour la guider. Au bout de trois pas difficiles, la pouliche buta contre le poitrail de sa mère.

Du bout du nez, celle-ci la poussa vers son flanc. En l'espace de quelques secondes, Espérance avait pris les mamelles de sa mère et tétait paisiblement.

Rassurée, Sam les laissa seules. Elle quitta la chaleur de la grange pour le froid de la nuit.

« Je n'ai que quatorze ans, se dit-elle, et je suis en train de sauver une vie. »

Le sentiment de malaise qu'elle avait ressenti plus tôt s'était effacé. Elle n'avait plus peur de se tenir là, dans le noir, seule, car elle savait désormais qu'elle ne l'était pas.

Le Fantôme lui avait donné la preuve que de nombreux mustangs se trouvaient tout près. Quelque part dans les montagnes, des cris de coyotes retentirent. Dans l'un des peupliers de

Virginie, une chouette hulula, se demandant qui se trouvait là. Puis Sam entendit un bruissement soyeux. L'ombre d'un grand V passait au-dessus de sa tête. Des bernaches du Canada, en retard, se hâtaient sur leur chemin migratoire.

C'est alors qu'une lumière illumina l'œil-de-bœuf en vitrail à l'étage de la maison. Ange et Puce jappèrent à plusieurs reprises, puis se turent de nouveau.

Bien que ce soit son tour de dormir, Sam ne ressentait pas de fatigue. Trudy Allen apparut bientôt avec une tasse de lait chaud parsemé de cannelle et de noix de muscade.

— Miam, c'est bon, dit Sam après en avoir pris une gorgée. Merci.

— Tu as veillé plus que ta part, lui dit Mme Allen en enfilant des gants fourrés. Comment vont-elles ?

— La petite n'avait pas tété depuis plusieurs heures, alors je suis allée la réveiller. Elle est en train de manger et elles vont bien toutes les deux, répondit Sam qui, prise de frissons, resserra ses mains sur la chaleur de la tasse.

— Je devrais te demander si tu as été prudente, mais tu as l'air d'aller bien toi aussi, donc je ne te poserai pas la question. Y a-t-il autre chose que je devrais savoir ? ajouta Mme Allen.

Sam ne put s'empêcher de rougir et remercia la nuit qui dissimulait sa réaction.

— Le Fantôme est venu, avoua-t-elle néanmoins.

— Ha, ça fait longtemps que je ne l'ai pas vu moi-même, dit Mme Allen. À quoi ressemble-t-il ces jours-ci ?

Sam pointa le doigt vers la lune, sphère marbrée de taches argentées, blanches et grises.

— À ça, répondit Sam. Mais je l'ai fait fuir.

— Désolée, compatit Mme Allen. Donc, tu n'as pas pu prendre de photo.

— Non, mais de toute façon, je n'avais rien sur moi pour en prendre.

Sam n'en revenait pas d'avoir à ce point oublié le concours. Son appareil était resté exactement là où elle l'avait mis, dans la sacoche posée dans un coin de la grange.

— Tu sais, reprit Mme Allen, à l'époque où j'avais tant envie de peindre des mustangs, il m'arrivait de grimper en haut de l'arbre dans la cabane des enfants pour les observer. De là, on a une vue superbe sur la *playa,* ainsi que sur les sources thermales.

Sam ne les avait jamais vues de nuit. La plupart n'étaient pas plus grandes qu'une petite piscine pour enfants, mais Sam s'imagina comment elle pourrait les voir à l'horizon reflétant le ciel nocturne étoilé.

— L'eau est trop chaude pour qu'ils puissent la boire, poursuivit Mme Allen, mais j'ai vu des mustangs y entrer pour s'amuser.

— Non, vraiment ? s'étonna Sam.

Elle n'avait jamais entendu pareille histoire, et encore moins vu pareil spectacle, mais elle voulait y croire.

Son imagination donna forme dans son esprit à la silhouette d'un étalon blanc enveloppé de volutes de vapeur s'élevant dans la nuit. Il n'y aurait pas de mots pour décrire l'exceptionnelle beauté d'une telle scène. Et si elle parvenait à l'éterniser sur pellicule ?

— Pourquoi ne montes-tu pas là-haut avec ton sac de couchage ? l'encouragea Trudy Allen. L'endroit n'est pas des plus confortables, mais tu seras peut-être récompensée de ta peine.

— Oui, je verrai peut-être quelque chose d'incroyable, s'enthousiasma Sam.

Elle savait pertinemment qu'elle passerait une nuit blanche et ne serait pas en état de faire ses devoirs d'école le lendemain mais, sans plus attendre, elle s'élança vers la grange.

Quelques minutes plus tard, elle escaladait les petites marches le long du tronc du peuplier, son appareil photo protégé sous son sac de couchage.

CHAPITRE 13

Sam ne rentra même pas chez elle le dimanche. Toute la journée, elle aida Trudy Allen à veiller sur Espérance et sur la jument, qu'elles avaient décidée de prénommer Belle.

Sam dorlota et câlina Juge aussi. Le vieux bai considérait l'apparition des deux nouveaux pensionnaires du ranch des Cerfs comme un défi personnel à relever. Pour prouver qu'il était encore le patron, il passait son temps à mordiller Poil de Carotte et Calico.

À quatre heures de l'après-midi, le père de Sam apparut. Surprise, mais heureuse, Sam se précipita vers lui et l'entoura de ses bras, tout chargé de paquets qu'il était. Vingt-quatre heures seulement s'étaient écoulées depuis qu'elle avait quitté le Méandre, mais elle avait l'impression d'en être partie un mois plus tôt.

— Papa ! Qu'est-ce que tu apportes là ? Attends que je te raconte tout ce que j'ai fait ce week-end ! Il faut que tu voies Espérance. Elle est incroyable. C'est une pie palomino, et une *medicine hat*. Tu ne remarquerais jamais qu'elle est aveugle, si... euh... si tu ne le savais pas...

Sam s'interrompit. Lors de sa dernière conversation avec son père, elle s'était montrée mal élevée, irrespectueuse, et carrément illogique. Et pourtant, il était là avec ses affaires d'école, des vêtements propres et un ragoût de poulet.

— Trudy nous a demandé que tu restes une nuit de plus, expliqua Wyatt Forster à sa fille en indiquant d'un signe de tête la maison victorienne violette, sous la galerie de laquelle Trudy se tenait. Ta grand-mère et moi avons accepté à condition que tu fasses tes devoirs pour demain et que tu arrives à l'école à l'heure.

Sinon... faisait clairement savoir la mâchoire serrée de son père.

Autrement dit, il l'autorisait à faire ce qu'elle voulait, mais la sanction serait terrible si elle échouait quelque part.

— Oui monsieur, répondit Sam en prenant son sac à dos. Tu peux me faire confiance, ajouta-t-elle.

— Parfait. Par contre, je verrai ta pouliche une autre fois parce que j'ai rendez-vous avec l'isabelle dont je m'occupe pour toi.

— Merci, papa.

Sam eut l'impression que quelqu'un donnait un tour de vis supplémentaire à l'étau qui lui serrait déjà la nuque. Soleil Noir. Popcorn. Caïd. Compère. Elle abandonnait tous les animaux qui comptaient sur elle. C'était trop tard pour ce dimanche. Mais Sam se promit que le lendemain, après l'école, elle rentrerait au ranch et y resterait, quoi qu'il arrive.

Soudain, elle entendit le portail en fer noir s'ouvrir derrière elle. Trudy Allen s'approchait. La vieille femme soulagea le père de Sam du plat qu'il portait et huma longuement ce dîner envoyé par Grand-Mère Grace.

— Divin ! souffla-t-elle les yeux fermés.

— Mais normal, lui dit le père de Sam. Merci de vous occuper de notre fille.

— Elle s'occupe autant de moi que moi d'elle. Qu'est-ce qu'on ne ferait pas pour un malheureux petit bout de cheval, hein ?

Trudy Allen regarda le visage de Wyatt Forster disparaître sous son Stetson tandis qu'il baissait le nez vers ses pieds. Puis, comme il ne répondait pas, elle ajouta :

— Je ne serais pas surprise que vous ne soyez pas plus intéressé par cette pouliche que mon mari l'aurait été.

— Ça, je n'en sais rien, répondit Wyatt Forster.

Lorsque Sam vit son père se gratter la nuque, elle comprit qu'il était gêné. Cela étant, il ne contredit pas Trudy Allen.

Sam aurait misé l'intégralité de son compte d'épargne pour l'université, et son appareil photo, que son père, comme Jake, trouvait l'idée d'un refuge pour chevaux sauvages totalement absurde.

— À demain, après l'école, déclara Wyatt Forster à sa fille.

Là-dessus, le doigt sur le rebord de son Stetson, il salua Trudy Allen et s'en alla.

*

Après le ragoût de Grand-Mère Grace, Sam se sentit trop lourde et ensommeillée pour ses devoirs. Assise le dos contre une balle de foin, elle tendit l'oreille pour s'assurer que tout allait bien dans le box. Ce seul effort d'attention la fatigua jusqu'à la faire somnoler.

Si Trudy la conduisait à l'école un peu avant l'heure, Sam savait qu'elle pourrait se glisser dans la salle de Mme Ely pour y faire ses exercices d'algèbre. La mère de Jake ouvrait toujours sa salle une heure avant la première sonnerie, ce qui serait amplement suffisant puisque l'algèbre était la seule matière dans laquelle Sam risquait de s'attirer de sérieux ennuis et qu'elle voulait donc réviser.

Avec un bâillement, Sam mit la sonnerie de réveil sur sa montre à six heures et demie. Cela lui donnerait le temps de prendre une douche et d'enfiler les vêtements propres que son père lui avait apportés.

Sam tâta son sac à dos ; tous ses livres étaient là. Elle n'avait pas lu tout ce qu'elle était censée lire en anglais ; la concentration lui avait manqué. Toutefois, cette matière lui plaisait, et elle pensait ne pas avoir trop de difficultés à rattraper.

Soudain, Sam entendit Espérance bouger. Apparemment, elle essayait de se mettre debout pour chercher sa mère. Sam se leva pour l'observer.

— Par ici, lança-t-elle à la pouliche. Oh, Belle, remue-toi ! Elle ne peut pas savoir où tu te trouves si tu ne bouges pas.

Belle fouailla de la queue, mais le bruissement léger des crins n'aida pas beaucoup la pouliche. Espérance hennit d'irritation. Puis elle essaya de se cabrer, mais elle bascula et tomba sur le flanc.

— Voilà ce qui arrive quand on ne maîtrise pas sa colère, lui lança Sam.

Sam se tenait les bras croisés, appuyés sur le haut de la porte du box. Elle aurait bien aimé intervenir. Mais le docteur Scott était passé le matin et avait décrété que la jument et sa pouliche devaient désormais trouver elles-mêmes le moyen de communiquer. Sam ne pouvait donc que regarder et espérer.

À force de chercher, Espérance finit par se heurter au flanc de sa mère par accident et, aussitôt, elle se mit à téter. Sa queue d'animal en peluche couleur caramel se balançait de droite à gauche. On aurait dit un jouet à manivelle.

Une fois la tétée terminée, Espérance se laissa retomber dans la paille, ses membres repliés sous elle. Sam en déduisit qu'elle pouvait elle aussi se reposer.

Comme un fait exprès, à peine réinstallée pour la nuit, Sam perdit le sommeil. Elle se releva et sortit. Elle s'avança même sur l'allée, l'oreille tendue à l'affût du vent qui murmurait dans les hautes herbes, espérant que le Fantôme réapparaîtrait.

En vain.

Alors qu'elle revenait vers la grange, des bruits confus parvinrent jusqu'à ses oreilles. C'était Espérance qui couinait ; et les coups de sabot sur le bois devaient être ceux de Belle qui tapait certainement contre la cloison du box. Sam s'élança.

À peine à l'intérieur, elle comprit. Espérance était debout, coincée dans un angle du box, le nez face à cette paroi dont elle se croyait prisonnière.

— Oh, non ! s'écria Sam.

Belle essayait d'aider sa progéniture. Plantée derrière la pouliche, elle s'efforçait de la faire bouger du bout du nez, pour qu'elle se tourne vers elle.

Espérance, elle, pensait que sa mère voulait la faire avancer. Les sabots de ses antérieurs raclaient désespérément la cloison en bois, comme si elle avait voulu l'escalader.

— Arrête, ma belle, arrête ! hurla Sam.

Sans réfléchir, elle ouvrit en grand la porte du box. Aussitôt, Belle lui fit face et chargea, prête à mordre. La confiance dont elle avait fait preuve à l'égard de Sam la veille n'avait pas duré longtemps. Sam n'hésita pas une seconde. Elle referma la porte et s'empressa d'aller chercher des céréales. Elle revint aussi vite qu'elle était partie et lança les flocons dans le box, mais cette fois, le stratagème échoua.

Désormais, totalement affolée, Espérance se jetait contre le bois. Bientôt, elle se blesserait au poitrail ou bien sa tendre peau se couvrirait d'échardes.

— Prends ça et attrape Belle. Je la retiendrai pendant que tu tourneras la petite dans la bonne direction.

Trudy Allen était apparue à côté de Sam, en chemise de nuit, un lasso à la main. Sam ne l'avait même pas entendue entrer.

— Je ne suis pas très douée, balbutia Sam.

— Elle n'a pas besoin de quelqu'un de très doué, lui rétorqua Trudy Allen d'un ton sec. Elle a besoin de quelqu'un de très rapide.

Sam dut s'y reprendre à trois fois, mais elle finit par passer la boucle sur l'encolure de la jument et tendit le lasso à Trudy Allen. Puis elle se glissa dans le box et parvint à tirer la pouliche de l'angle dont elle ne pouvait se sortir.

— Tenez-la bien ! hurla Sam alors que Belle, les oreilles en arrière et roulant les yeux, menaçait de se libérer de la corde.

— Sors ! lui répondit la vieille femme en haletant.

Sam comprit que Trudy Allen n'avait plus la force de tenir le lasso. Elle s'élança et atteignit la porte, mais uniquement grâce à Espérance.

Au moment précis où Belle échappait à Trudy Allen, la pouliche dépassa Sam, ses petites oreilles pointées vers l'avant. Elle avait localisé le tintement des clochettes. Elle se jeta dans la direction et, ce faisant, heurta de plein fouet Belle, qui approchait dans l'autre sens. Trouvant aussitôt ses mamelles, elle se mit à téter frénétiquement, comme si elle avait cru ne plus jamais revoir sa mère. De temps en temps, elle émettait de petits grognements, puis tournait des yeux exorbités vers les deux êtres humains qu'elle ne pouvait même pas voir.

Trudy Allen se frotta le visage des deux mains.

— Pourquoi a-t-elle fait ça ? souffla-t-elle.

— Elle a perdu son sens de l'orientation, supposa Sam. Il faut qu'on trouve un moyen pour l'aider à se rendre compte qu'elle est près du mur.

— Et si on les mettait dans le grand pré ?

Sam tressaillit.

— Espérance aurait encore plus de difficultés à repérer Belle.

— On cherchera une solution demain, conclut Trudy Allen avec un soupir. À mon avis, pour l'instant, tu préférerais être bien au chaud dans ton lit, ajouta-t-elle.

Sam se donna quelques secondes pour réfléchir, puis répondit :

— Non, je préfère être ici. Pourquoi ne repartez-vous pas...

Elle s'interrompit pour réprimer un bâillement.

— ... vous coucher, reprit-elle. J'ai réglé la sonnerie de réveil sur ma montre. Ne vous inquiétez pas, je serai prête quand vous viendrez me chercher.

— Je descendrai à sept heures, est-ce que ça te va ?

— Oui, je viendrai prendre une douche dans votre maison bien avant, lui assura Sam.

*

Elle l'aurait fait, pensa Sam plus tard, si elle avait entendu sa montre sonner.

Elle rêvait qu'elle descendait une rue pavée de San Francisco en skateboard, bien trop vite, lorsque, peu à peu, elle s'éveilla et comprit que le docteur Scott la regardait.

— Bonjour, Sam.

Le vétérinaire leva le bras pour éteindre la lumière qui brillait toujours, alors que les rayons du soleil matinal inondaient la grange.

— Je ne pensais pas te trouver ici, reprit Glenn Scott.

Le cœur battant, Sam regarda sa montre.

— Sept heures ! s'exclama-t-elle. C'est impossible ! J'ai cours à huit heures, je n'ai pas fait mes devoirs, et je n'ai même pas pris ma douche !

— Si tu n'as pas peur d'avoir un peu de retard, tu as encore le temps de tout faire, lui lança Trudy Allen, qui venait d'apparaître.

— Je ne peux pas arriver en retard ! s'affola Sam. Mon père me tuera si je reviens avec un mot à la maison.

Rapide comme l'éclair, elle se leva, courut jusque dans la sellerie, claqua la porte derrière elle et ôta son jean et son sweat-shirt tachés.

Tu peux me faire confiance.

Avait-elle réellement prononcé cette phrase la veille, lorsque son père l'avait regardée droit dans les yeux avec un air laissant entendre qu'il s'attendait au pire ? Oui.

Sam enfila son jean propre, fit glisser la fermeture Éclair, puis attrapa le pull que son père lui avait aussi apporté. D'où l'avait-il sorti ? La mémoire lui revint vite. Ce col roulé à côtes était un cadeau de sa grand-mère. Sam ne le portait jamais. Elle trouvait qu'il ne lui allait pas du tout. Sa couleur bordeaux rendait ses cheveux auburn complètement ternes. En outre, il était trop serré.

Devant la grange, le moteur du pick-up mandarine s'emballa.

— Elle conduit vraiment mal, siffla Sam au docteur Scott en surgissant de la sellerie.

Elle se rua sur son sac à dos et y plongea ses affaires sales. Le sac était trop petit, mais elle n'avait pas d'autre endroit où les mettre.

— Je sais, opina le vétérinaire. Donne-moi un peu de temps pour que j'examine ces dames, dit-il en faisant un signe de tête en direction de Belle et d'Espérance, et je te conduirai jusqu'à l'arrêt d'autobus. Je dois aller à Willow Springs.

— Trop tard, gémit Sam en entendant le klaxon du pick-up.

C'est alors que des aboiements s'élevèrent. Sam regarda le docteur Scott avec une expression d'horreur.

— Elle a pris ses chiens ?

— Puce et Ange ? dit le vétérinaire calmement. Oui, pourquoi ?

— Je ne peux pas monter dans la même voiture qu'eux.

— Pourquoi pas ? Ils sont minuscules ! s'exclama le docteur Scott en balayant la peur de Sam d'un revers de main. Il y aura de la place pour tout le monde.

Ce n'était pas à cela que Sam pensait. Mais elle ne pouvait pas dire au docteur Scott, qui n'avait jamais vu un animal qu'il n'aimait pas, que Puce et Ange étaient à ses yeux l'incarnation même des gardiens de l'enfer.

CHAPITRE 14

À la façon dont elle sauta du pick-up de Trudy Allen tandis que celle-ci tournait dans le parking de Darton High, Sam n'aurait pas été surprise qu'on la prenne pour une victime de rapt en fuite.

Le style de conduite de Trudy Allen, les bonds incessants de ses deux terriers, et le retard pris, vinrent presque à bout de la résistance de Sam.

Elle mettait juste le pied sur l'asphalte lorsque la première sonnerie retentit. La seconde, réservée aux retardataires, suivrait avant qu'elle atteigne son casier.

Tant pis. Il ne lui restait plus qu'à courir jusqu'à la salle d'histoire. Jen s'apprêtait à entrer en classe juste en face. Lorsqu'elle aperçut Sam, elle s'arrêta, sa bouche formant un O absolument parfait qui ne fit qu'accroître l'irritation de Sam.

— Sam, tout va bien ?

— Ne me pose pas de question !

— D'où est-ce que tu sors ce pull ? demanda Jen tout en tirant du dos de Sam un fétu de paille qui n'avait cessé de la piquer pendant tout le trajet du ranch des Cerfs jusqu'à l'école.

Sam l'observa. Elle se l'était imaginé beaucoup plus gros et elle l'aurait retiré elle-même, si elle avait pu le faire. En temps normal, la conduite de Trudy Allen faisait peur. Mais quand elle allait vite, la vieille femme donnait l'impression de conduire un véhicule de secours en route pour une urgence. Sam n'avait pas osé lâcher une seconde la poignée de sa portière.

Soudain, elle se rappela la question de Jen...

— Qu'est-ce qu'il a mon pull ? demanda-t-elle sèchement.

— Rien, répondit Jen. Je ne l'ai jamais vu, c'est tout.

— Tu me regardes comme si je m'habillais avec l'élégance d'un... d'un... lama !

Jen éclata de rire.

— Mais non ! dit-elle. Il est bien. C'est juste qu'il ne ressemble pas à ce que tu mets d'habitude.

Sam ne pouvait avouer que son père avait choisi ses vêtements pour la journée. Et elle se garda bien de le faire. Toutefois, l'expression de sollicitude sur le visage de Jen effaça vite son sentiment d'irritation. Elle avait de la chance d'avoir une telle amie.

Sam passa le bras autour de l'épaule de Jen et la serra contre elle.

— On se parle tout à l'heure, d'accord ?

— Si tu veux, accepta Jen tout en essayant désespérément de se libérer de l'étreinte de Sam.

Confuse, Sam leva le nez pour humer l'air autour d'elle. Elle ne sentait pas le cheval tout de même ?

La sonnerie des retardataires retentit et elle se rua vers sa salle, puis sa chaise. Au passage, son sac à dos se coinça sous un des bureaux, qui se renversa avec fracas.

C'était le bureau de Rachel. Elle se pavanait encore à l'autre bout de la classe devant l'un de ses innombrables admirateurs. Elle revint jusqu'à sa place en balançant les hanches.

Ses cheveux couleur de café formaient comme une plume luisante sur son front, et ses lèvres brillaient d'un parfait trait de gloss. Elle était chaussée de bottines, portait un pantalon droit moulant, et un châle de soie élégant recouvrait ses épaules. Elle aurait dû avoir l'air ridicule. Eh bien, même pas !

Pendant que Sam se penchait pour remettre en place le bureau, elle sentit sur elle le regard narquois de Rachel.

— Bonjour, Soleil, ronronna Rachel, déclenchant un éclat de rire général dans la classe.

Sam regretta de ne pas être le genre de personne capable de percuter quelqu'un d'un coup de tête. Elle aurait adoré le faire avec Rachel, à l'instant même. Faute de le pouvoir, elle se glissa sur sa chaise et s'efforça de mettre un peu d'ordre dans son cahier avant que Mme Ely, qui était encore dans son bureau, n'entre dans la salle.

Mais Rachel n'en avait pas terminé. Tout en agitant de la main l'air près de ses narines, elle lança pour la galerie :

— Qu'est-ce que tu as fait ? Tu as dormi dans une grange ou quoi ?

Sam se figea. Quelle serait la meilleure réponse ? Rachel ne savait pas qu'elle avait mis le doigt sur la vérité. Sam s'obligea à sourire, puis passa la main dans ses cheveux auburn pour leur donner un peu de forme. Ce faisant, elle tomba sur un minuscule brin de luzerne, ce que Rachel ne manqua pas de remarquer.

— Et en plus, c'est vrai ? pavoisa-t-elle en secouant la tête de droite à gauche, la main sur la bouche, tandis que sa chevelure soyeuse suivait le mouvement. Tu as vraiment dormi dans une grange ? Oh, mon Dieu !

— Bonjour tout le monde, retentit soudain la voix de Mme Ely. Nous sommes lundi, et ce matin, je ramasse les devoirs. Rachel, assieds-toi, s'il te plaît.

Sam ne pouvait pas dire que la mère de Jake lui sauvait la mise puisqu'elle ne se souvenait absolument pas qu'elle leur avait donné du travail à faire le vendredi. Elle n'avait donc rien à lui rendre. Quoi qu'il en soit, elle se sentit soulagée. Après tout, la dernière fois où elle avait demandé sa moyenne, Mme Ely lui avait annoncé qu'elle était à A – ; en outre, tout valait mieux que d'être ridiculisée par les moqueries de Rachel Slocum.

Enfin, tout ou presque.

— Puisque vous êtes si nombreux à me les avoir demandés, je vous ai fait une copie de vos relevés de notes, ajouta Mme Ely en passant dans les rangs pour distribuer les feuilles.

Arrivée près de Sam, elle murmura :

— J'ai été étonnée.

Sam examina ses résultats : sa moyenne en histoire était tombée à C.

À la fin du cours, en sortant de la classe, Sam trouva Jen qui l'attendait.

— On a eu nos relevés de notes aujourd'hui. Et vous ? lui demanda Jen.

— Nous aussi... maugréa Sam en tendant sa feuille à son amie.

— Oh... bredouilla Jen tandis que toutes deux se rendaient au gymnase pour leur heure de sport. Ça pourrait être pire.

En anglais, ça l'était.

Ainsi qu'en algèbre.

À l'heure du déjeuner, Sam avait presque décidé de s'enfuir à San Francisco pour ne pas avoir à rentrer chez elle et à affronter son père et sa grand-mère.

En attendant, elle ne mourrait pas de faim. Le matin, elle était bien sûr arrivée sans nourriture et sans argent, mais Jen l'avait prise en pitié et lui avait donné la moitié de son repas.

— Deux D et un C, répéta Jen après que Sam lui eut relu ses notes.

Sam prit une bouchée du demi-sandwich au beurre de cacahuètes et à la confiture que Jen lui avait cédé.

— En algèbre, je m'y attendais. Par contre, en anglais, non ; j'adore cette matière !

— Peut-être, mais tu m'as dit toi-même ne pas avoir lu tout ce qu'on vous avait demandé, lui fit remarquer Jen.

— Non, mais presque tout. Je suis sûre que Mlle Pinson n'a pas apprécié que je réussisse si bien à lui faire croire l'inverse.

Sam s'efforçait de plaisanter, mais elle était inquiète. Il ne faisait aucun doute que son père et sa grand-mère la puniraient. Avec comme résultat probable qu'elle passerait moins de temps avec les chevaux.

— Tu as besoin d'un plan d'attaque, Sam, et l'organisation est un de mes points forts, reprit Jen.

— Est-ce que tu me proposerais ton aide par hasard ? J'accepte, enfin si mon père et ma grand-mère me laissent reparler un jour à un être vivant bien sûr.

— D'accord, je vais t'aider, si tu me promets de faire le tri dans tes activités. Oh, ne me regarde pas comme ça ! Depuis quelque temps, tu défends toutes les causes perdues qui te passent sous le nez, lui reprocha Jen. Tu sais très bien de quoi je parle.

— Non, pas vraiment.

Sam chercha désespérément, mais tout n'était que tourbillon de folie dans son cerveau. Les chevaux du PPCC, les corvées au ranch, le refuge pour les mustangs, Espérance, l'école... Toutefois, aucune de ces causes n'était perdue.

Sam prit une longue gorgée de la cannette que Jen lui tendait, dans l'espoir que son amie oublierait leur sujet de discussion. En vain.

— Tu ne peux pas tout faire, insista Jen, ni te couper en quatre. Tu dois te donner des priorités. Décider de ce qui est le plus important pour toi, et le faire passer avant le reste.

Jen avait raison et cela paraissait si simple. Sam s'imprégna des mots de son amie, qui coulèrent sur elle comme une douche tiède et apaisante. Elle commençait à reprendre espoir, lorsqu'elle avisa au loin le visage narquois de Darrell.

Suivant son regard, Jen se tourna.

— Qu'est-ce qu'il veut, lui ? demanda-t-elle à Sam.

— Une opération du cerveau, railla Sam tout en avalant la dernière bouchée du demi-sandwich de Jen.

Puis elle se rappela ce que sa grand-mère lui avait dit :

— Il a appelé plusieurs fois chez moi, ajouta-t-elle.

Aussitôt Jen, l'air faussement compatissant, posa la main sur celle de Sam.

— Ne l'encourage pas, ma chérie.

— Berk ! s'exclama Sam en enlevant sa main. Jamais !

C'est alors que lui revint à l'esprit l'accès de jalousie de Jake, et Sam considéra de nouveau Darrell.

En fait, son expression n'était pas particulièrement sarcastique. Au contraire, il regardait Sam avec un air qu'elle ne lui connaissait pas. En dépit de son jean large et de sa casquette tournée devant derrière, il paraissait on ne peut plus sérieux.

— Je devrais aller voir ce qu'il veut, se reprit Sam.

— Sam, si tu décides de t'occuper de son cas, je recommande que tu consultes un spécialiste, lui suggéra Jen en pointant le pouce vers Darrell.

Pour toute réponse, Sam la regarda en louchant, puis s'éloigna.

Lorsque Darrell vit Sam approcher, il lui fit signe de le suivre vers un coin tranquille.

— Tu n'as pas eu mon message ? lui demanda-t-il.

— J'ai été débordée. Qu'est-ce que tu voulais ? C'est au sujet de Jake ?

Darrell parut d'abord surpris, puis déçu.

— Ben, non. J'ai un sujet pour le journal de l'école. Tu vois, j'ai entendu parler de cette chose...

Darrell s'interrompit pour faire un geste vague de la main.

— ... secrète... reprit-il, et je me suis dit que tu pourrais en faire un article.

— Quelle « chose secrète » ?

— Je ne suis pas sûr de pouvoir te le dire ici.

La sonnerie retentit.

— Darrell, aujourd'hui, je n'ai vraiment pas le temps pour les devinettes. Je ne peux pas me permettre d'arriver en retard à mon cours de journalisme.

Là-dessus, Sam se dirigea vers son casier, avant de remarquer que Darrell lui avait emboîté le pas.

— En dehors de l'éducation physique, c'est ma meilleure note, lui précisa-t-elle.

Aussitôt dit, Sam aurait voulu ravaler ses paroles. Pourquoi avoir fait une telle confidence à Darrell ? Et s'il la rapportait à Jake ?

— D'accord, d'accord, lui répondit Darrell contre toute attente. Tu connais Kris Cameron, pas vrai ? Oui, j'en suis sûr, ricana-t-il lorsque Sam s'arrêta en plein mouvement. Tu fonds comme toutes les filles de ce bahut quand on mentionne son nom. Eh bien, oublie-le, lança alors Darrell en claquant la porte du casier à demi-ouvert de Sam.

La curiosité de Sam l'emporta sur son agacement.

— Je t'écoute, aboya-t-elle en composant son code secret. Explique-toi, Darrell, et dépêche-toi.

Darrell glissa un petit bout de papier jaune dans la main de Sam.

— Une autorisation de sortie vierge ? dit-elle en l'observant. Et alors ?

— Regarde bien. Tu ne vois pas que la signature du conseiller d'éducation n'est pas très lisible ?

Sam examina le papier de plus près. Darrell avait raison.

— Bon, voilà le marché, reprit Darrell en s'approchant de Sam et en baissant la voix. Kris Cameron et ses copains de sport ne voient pas de mal à se faire de fausses autorisations de sortie.

— Quoi ?

— Ne braille pas ! murmura Darrell à l'oreille de Sam.

Il était si près d'elle que Sam fut soulagée d'avoir eu le temps de prendre une douche à la fin de son heure d'éducation physique.

— Pfff... reprit Darrell, ça ne me dérange pas de balancer des tricheurs, mais je pensais que tu saurais rester discrète.

— Oui, oui, tu peux compter sur moi... chuchota Sam.

— Bon. En fait, ils photocopient ces mots vierges et les distribuent à leurs copains. Tu es sûre que tu ne me mêleras pas à tout ça ?

— Complètement. Un bon journaliste protège toujours ses sources.

Sam s'interrompit, et la petite voix de Jen retentit dans son esprit : elle n'avait pas le temps de se charger d'autres projets.

— Par contre, je pense que tu devrais prévenir le proviseur toi-même, se corrigea-t-elle alors, satisfaite d'avoir enfin réussi à dire non à quelque chose.

— Tu plaisantes ? s'indigna Darrell en essayant de lui faire ouvrir la main d'un doigt pour récupérer le bout de papier compromettant. Mme Santos m'accuserait tout de suite d'être de mèche. N'oublie pas que j'ai des antécédents.

Sam serra le poing sur le bout de papier. De l'autre main, elle repoussa Darrell.

— Je vais voir ce que je peux faire, décréta-t-elle.

— Ouais, lui répliqua Darrell en s'éloignant. Surtout, te fatigue pas trop.

Pour toute réponse, Sam lui tira la langue. « Quelle gamine je fais ! » se dit-elle en même temps. Elle se dégoûtait.

Elle avait fait trois pas à peine lorsqu'elle vit Jake à l'autre bout du hall bondé. Ses yeux marron perçants rivés sur elle, il la fixait comme s'ils avaient été seuls.

Et alors, en quoi cela le regardait-il qu'elle ait parlé à Darrell ? Et que leurs mains se soient touchées, la belle affaire ! Il y avait à cela une explication parfaitement logique. Mais elle ne pouvait pas la lui donner tout de suite.

Tout en marmonnant dans sa barbe, Sam pivota et entra vivement dans la salle où se déroulait le cours de journalisme.

Enfin, un peu de paix ! Ou, du moins, un lieu où elle savait ce qu'elle devait faire.

La classe était déjà remplie d'étudiants. Certains occupés à taper un article. D'autres à trier des photos. Rachel et Daisy, elles, harcelaient les reporters de *Dialogue*, le journal de l'établissement, pour qu'ils acceptent de vendre des espaces publicitaires supplémentaires aux commerçants locaux.

— Il faut qu'on sorte un gros numéro pour le bal de fin d'année, avec des photos en couleurs, disait Rachel. Et la seule façon d'y arriver, c'est de trouver des annonceurs.

Sam se laissa choir sur une chaise à un bureau vide et, bien déterminée à réfléchir, elle laissa les autres s'agiter autour d'elle. Sa méditation fut de courte durée.

— Bonjour, la star, lança M. Blair en apparaissant à ses côtés. On a abandonné l'idée de devenir la toute première rédactrice en première année de lycée ?

C'était lui, en tant que professeur de journalisme, qui l'y avait encouragée. En contrepartie, dans ses cours, il forçait Sam à l'excellence. Il ne se contentait pas de ses bonnes notes aux questionnaires à choix multiples, ni des quelques photographies qu'elle avait prises. Autre particularité : il adorait faire peur à ses élèves avec sa voix de stentor.

— Non, murmura Sam, espérant en dépit de tout que M. Blair l'imiterait. Non, je n'ai pas renoncé.

— Les faits sont contre toi, lui rétorqua M. Blair de la même voix tonitruante. RJay a réécrit la quasi-totalité de ton dernier article, et on ne peut pas dire que tu m'aies prié récemment de te confier beaucoup de reportages photo. On ne devient pas rédacteur en faisant uniquement acte de présence en cours.

Autour d'eux, les élèves s'éloignèrent discrètement. Eux aussi en leur temps avaient eu droit aux remontrances de M. Blair, et ils compatissaient avec Sam. Seule Rachel, la main sur la hanche, le sourire aux lèvres, jubila de plaisir.

Sam s'efforça de rester calme. Elle avait trop à faire. Elle aurait pu raconter à M. Blair tout ce qui lui était arrivé au cours des derniers jours ; il l'aurait peut-être laissée tranquille. Elle aurait pu également montrer aux membres de cette clique de nantis qui régnait sur l'école que leur popularité ne les protégerait pas indéfiniment.

C'est alors que la voix de Rachel s'éleva :

— Tu aurais dû voir l'état dans lequel la petite vachère est arrivée en cours d'histoire ce matin, disait-elle, s'adressant à son amie Daisy. Heureusement que, depuis, elle a pris le temps d'enlever le fumier qui collait à ses chaussures.

Sam eut beau serrer les lèvres, elle ne put se contenir :

— En fait, monsieur Blair, reprit-elle à voix haute cette fois, je suis sur une affaire.

— Tiens, tiens... vraiment ?

M. Blair l'observa attentivement.

— En temps normal, je dirais que c'est une piètre excuse. Mais... d'accord... je vais te faire confiance.

Sam soupira de soulagement. La date de bouclage n'était que la semaine suivante. D'ici là, elle aurait remis sa vie en ordre. Jen lui avait promis qu'elle l'y aiderait.

— Si tu es sur un gros coup, ajouta M. Blair d'un air songeur, tu auras certainement besoin d'un coup de main. On est lundi. Je veux un plan mercredi. C'est compris, Forster ?

— Oui, monsieur Blair, répondit Sam. Ça ne devrait pas poser de problème.

CHAPITRE 15

Heureusement qu'elle avait Caïd. Lui l'aimait vraiment.

Sam posa l'étrille en caoutchouc et passa la main sur la robe luisante du hongre bai.

Aussitôt, elle le sentit bouger et appuyer le poids de son corps contre sa main, comme s'il était en mal de tendresse.

— Tu n'as rien contre les mauvaises notes, toi. Pas vrai, mon cheval ?

Sam passa les bras autour de l'encolure de Caïd et pressa sa joue contre lui. Il avait la taille parfaite pour recevoir ses câlins.

— Tu ne fais pas attention non plus à la façon dont je m'habille. D'ailleurs, tu ne sais même pas ce que ça veut dire, être à la mode.

Sam s'écarta de l'encolure du hongre. Il se tourna vers elle et la regarda à travers son toupet de crins drus et noirs en agitant la tête.

— En fait, je me demande si cela te dérangerait que je ne sois carrément pas à la mode, et que je m'apprête à faire quelque chose qui ruinera à jamais mes espoirs de le devenir un jour.

Caïd agita de nouveau la tête. Sam reprit l'étrille et la passa dans sa longue crinière noire. Arrêtée par un nœud, elle tira d'un coup sec, mais le hongre se laissa faire sans bouger.

— Ils ne me puniront pas, reprit-elle. En fait...

Sam jeta un coup d'œil vers la porte de la grange.

— ... en fait, les seules règles qu'ils me demandent de respecter sont de ne pas passer la nuit chez Trudy les jours d'école ; de rédiger une liste de ce que je veux faire et de la soumettre à leur approbation ; et de trouver quelqu'un qui pourra m'aider en algèbre.

Caïd s'ébroua en frappant du sabot, puis repoussa Sam d'un coup sec de l'encolure.

— Je ne me plaignais pas ! lui répondit-elle. À moins que tu ne veuilles ajouter une autre règle à ma liste ? Par exemple, que je dois monter mon cheval préféré plus souvent ?

Sam regarda sa montre. Cinq heures.

Depuis son retour au ranch, elle avait déjà ramassé les œufs et fait rentrer les poules dans le poulailler pour la nuit. Elle avait plié une montagne de linge et émincé des oignons, de l'ail et des piments pour les *enchiladas* que sa grand-mère préparait. Elle avait essayé de sortir Compère du pré pour une promenade, mais la génisse s'était enfuie à la vue de la corde comme si Sam avait eu un serpent à la main.

— Tu veux faire un peu d'exercice, mon cheval ? D'accord !

Sam s'élança vers la sellerie et attrapa la bride de Caïd qui était suspendue à un crochet.

— Tu sauras te tenir si je monte à cru, n'est-ce pas ?

De nouveau, Caïd observa Sam à travers les crins noirs de son toupet. Cette fois, il avait des yeux malicieux. Le mustang n'était pas sorti de son corral depuis des jours. Sam allait devoir se méfier.

Dehors, il faisait froid. Le ciel était d'un gris métallique semblable aux enjoliveurs sur la Buick de Grand-Mère Grace. La nuit tomberait bientôt.

Caïd aurait bien aimé trotter, mais Sam le garda au pas afin que le vent ne transperce pas davantage la veste en peau de mouton qu'elle portait.

— Tu n'es pas assez couverte ! lança Dallas, le contremaître du ranch du Méandre, qui était assis sous la galerie du bâtiment des employés.

— Je sais, cria Sam en retour.

— Content de te voir, ça faisait longtemps, ajouta Dallas.

Sam lui fit un signe de la main, puis contourna le grand pâturage de dix hectares. Fraise et Tank les suivirent le long de la barrière. Quant à Soleil Noir et Popcorn, ils s'approchèrent aussi, mais ils restèrent en retrait des deux autres chevaux.

Soleil Noir dut néanmoins venir un peu trop près pour le goût de Fraise. Soudain, la jument rubican[1] virevolta et s'élança vers la petite isabelle.

Soleil Noir ne s'enfuit pas. Tête haute, postérieurs et antérieurs d'aplomb, elle attendit son attaquant. Fraise ralentit, passa au trot, puis creusa le dos avant de décocher une belle ruade.

Les deux juments échangèrent alors plusieurs séries de hennissements, de tentatives de coups de dents et de sabot, sans qu'aucune prenne l'avantage. Après quelques secondes, toutes deux agitèrent leur longue crinière et baissèrent la tête à la recherche des rares touffes d'herbe restantes en ce mois de novembre.

— C'est la nature, dit Sam à Caïd.

Tous les chevaux mordillent et frappent, mais ils s'attaquent rarement à un individu qui leur est supérieur. S'ils occupent un rang similaire au sein d'un troupeau, leurs querelles ne durent jamais

1. Couleur de robe : semis de poils blancs dans une robe foncée.

longtemps. Sam avait pu le vérifier à l'état sauvage comme là, dans le grand pâturage.

Tout en continuant d'observer Fraise et Soleil Noir, Sam se demanda si les êtres humains avaient le même type de rapports entre eux. Si Soleil Noir s'était effarouchée et enfuie, Fraise l'aurait très certainement persécutée de nouveau le lendemain.

— Comme elle l'a fait avec toi, dit Sam à Caïd en lui flattant l'encolure.

Et pourtant, Caïd s'entendait bien avec les chevaux de Trudy Allen.

— La réputation qu'on se taille joue peut-être un rôle aussi, ajouta Sam, l'air songeur. Juge, Calico et Poil de Carotte ne savent pas encore que tu es trop gentil pour ton propre bien.

Sam pensa alors au Fantôme. Le seul étalon qui avait osé le défier, le Marteau, était venu de loin[1].

Sam savait qu'elle venait d'assister à une scène qui suivait un schéma habituel ; mais elle ne parvenait pas à déterminer exactement lequel. Elle s'obstinait encore à vouloir trouver la réponse, lorsque Caïd se mit à piaffer dans la poussière, de plus en plus impatient que Sam passe à l'action. Puis, brusquement, il balança l'encolure vers elle et la mordit à sa botte.

1. Voir *Cheval fantôme – Un mustang dans la nuit.*

— Hé ! s'écria-t-elle. Ce n'est pas parce que tu t'ennuies que tu as le droit de planter tes dents dans mon pied !

Cela étant, elle serra les doigts sur les rênes et lança Caïd au trot entre les peupliers de Virginie en s'assurant que son allure reste régulière.

Alors qu'ils revenaient vers la grange après leur promenade, Sam remarqua Popcorn et Soleil Noir, l'un à côté de l'autre, têtes dressées. Les naseaux dilatés, les deux chevaux humaient l'air glacé. Sam se demanda ce qu'ils avaient flairé.

Pas le Fantôme, sinon Caïd les aurait imités.

Quelle que soit la cause de leur attitude, soudain, les deux mustangs virevoltèrent et s'éloignèrent au galop. Lorsqu'ils arrivèrent sur une parcelle de terre sans herbe, le bruit mat de leurs sabots se transforma en un martèlement sec, et ils changèrent brusquement de direction, juste avant une petite dépression qui se remplissait souvent d'eau et gelait. Bien qu'il n'ait pas encore fait assez froid pour cela, les deux mustangs avaient gardé en mémoire le son qui correspondait à chaque type de terrain.

— J'ai trouvé ! s'exclama Sam.

Caïd tourna les oreilles vers elle, et Sam eut peur qu'il ne s'emballe, mais il n'accéléra pas. Heureusement, car Sam mourait d'impatience de rentrer pour appeler Trudy Allen, et elle ne pouvait pas risquer une chute maintenant.

Lorsque Sam entra dans la cuisine, son père était au téléphone. Elle suspendit sa veste au crochet près de la porte, repoussa les cheveux que le vent avait plaqués sur son visage et se frotta les mains.

— Voilà où elle en est, dit le père de Sam, en levant les yeux vers sa fille.

Il devait parler à Brynna. Ou à Tante Sue. Quoi qu'il en soit, Sam savait que le « elle » s'appliquait à sa personne. Et à la façon dont son père lui tourna le dos pour poursuivre sa conversation, elle comprit que le bout de phrase qu'elle avait surpris n'augurait rien de bon non plus.

— Jusqu'au ranch des Cerfs ? Ouais...

Tante Sue ne pouvait pas connaître le nom du ranch de Trudy Allen. C'était donc Brynna.

Sam jeta un coup d'œil dans le four. Les *enchiladas* cuisaient, recouvertes d'une sauce rouge et d'une couche de fromage doré. L'eau à la bouche, Sam referma la porte du four et lança à son père un regard impatient.

Ne pouvaient-ils donc pas roucouler une fois qu'elle aurait appelé Trudy ? Elle voulait lui suggérer au plus vite l'idée qu'elle avait eue pour éviter à Espérance de se blesser.

Brusquement, Wyatt Forster se retourna vers sa fille et lui tendit le téléphone.

— C'est pour toi, lui dit-il.

Les yeux rivés sur la main de son père, Sam se figea. Elle n'avait pas particulièrement envie de parler à Brynna, surtout si cette dernière voulait uniquement se placer auprès de la fille de son cher et tendre.

— C'est au sujet des chevaux.

Le pouls de Sam battait fort à son poignet lorsqu'elle prit le combiné. Et s'il s'avérait que, pour une raison ou pour une autre, Trudy n'ait pas reçu l'autorisation d'adopter les malheureux mustangs de Willow Springs ? Et si Norman White avait réussi à imposer sa décision envers et contre tout ?

— Allô ? balbutia Sam, avant que le téléphone ne lui échappe des mains.

Son père le ramassa et le lui redonna. Sam tremblait comme une feuille.

— Désolée, s'excusa-t-elle auprès de Brynna.

D'après le grésillement sur la ligne, celle-ci était encore à Washington.

— Vous allez bien ? s'efforça de demander Sam.

— Bien sûr ! La solution que tu as trouvée pour ces mustangs est un vrai miracle.

La voix de Brynna était très affectueuse, voire respectueuse. Sam sentit une chaleur bienfaisante se répandre en elle.

— Oh, vous parlez de Trudy Allen, reprit-elle.

— Oui. Tu as été formidable, Sam, pour les chevaux et pour Mme Allen. Je n'ai rencontré cette dame que rarement mais, chaque fois, je l'ai trouvée amère et, je ne sais pas, perdue, je crois. Tu as fait une bonne action.

Sam était sans mot.

— Merci, bredouilla-t-elle.

— Je me demande si M. Forster approuve tout cela... ajouta Brynna d'un ton soudain amusé.

— J'en doute...

Ce disant, Sam leva la tête vers son père. Il l'observait, les yeux plissés. Il avait deviné que leur conversation s'était portée sur lui.

— Je parie que la réaction est identique chez les Ely et les Kenworthy, poursuivit Brynna, mais on s'en sortira tout de même, n'est-ce pas ?

Sam se sentit heureuse. Bien qu'elle n'apprécie pas le béguin de la responsable du Bureau de gestion pour son père, elle devait admettre qu'il y avait dans la personnalité de Brynna Olson de nombreux traits qu'elle admirait.

— Le plus important est de s'assurer qu'on laisse ces pauvres bêtes tranquilles une fois qu'elles seront en sécurité au ranch des Cerfs, reprit Brynna. Je crois que si elles sont bien fatiguées quand elles arriveront, il leur sera plus facile de s'habituer à leur nouvel environnement.

Sam imagina les mustangs entassés dans un camion. Toutefois, le voyage serait court de Willow Springs au ranch. Sam ne comprenait pas où Brynna voulait en venir.

— Quel temps fait-il ? demanda alors la responsable du Bureau de gestion. La météo sur Internet dit froid et ensoleillé.

Sam était de plus en plus perdue. Elle regarda son père, qui remuait le contenu d'une des casseroles sur le feu, puis elle se tourna vers la fenêtre.

— Ils ont raison dans l'immédiat, répondit-elle, mais à mon avis, il va bientôt neiger.

— Pas demain tout de même ?

Sam secoua la tête. Comme c'était étrange ! Elle, l'écolière de San Francisco, était devenue la fille d'un propriétaire de ranch capable de prédire le temps à la sensation que l'air laissait sur sa peau.

— Non, pas demain, confirma-t-elle.

— Je me demandais si toi, les garçons Ely, et Jen...

Brynna hésita, comme si elle réfléchissait en parlant.

— ... Est-ce que tu aimerais participer à un convoyage ? osa-t-elle enfin dire.

— Non, vraiment ?! s'exclama Sam.

— La distance entre le centre et le ranch ne dépasse pas trente-cinq kilomètres. La journée risque d'être un peu difficile si l'un des chevaux décide de s'arrêter pour paître dans la prairie, mais ils portent tous la marque du gouvernement, ce qui signifie que vous pourriez l'y laisser pour ne pas retarder le groupe et repartir le chercher avant la nuit. Tu crois que c'est une bonne idée ?

— Mais oui !

Cependant, Sam savait qu'elle devait faire preuve d'honnêteté. Elle ajouta donc :

— Je vais voir si les autres sont intéressés. Par contre, personnellement, je ne suis pas sûre de pouvoir participer au convoyage. J'ai des problèmes à l'école.

Wyatt Forster claqua le couvercle sur la casserole qu'il surveillait.

— Passe-moi ton père, ordonna Brynna à Sam.

— D'accord. Papa, elle veut te parler.

Cette fois, ce fut au tour de Wyatt Forster d'hésiter à prendre le combiné.

— Vous êtes déterminées à m'attraper au lasso comme un vulgaire petit veau, toutes les deux, hein ?

Pour toute réponse, Sam haussa les épaules et lui céda le téléphone.

La conversation entre son père et Brynna Olson dura suffisamment longtemps pour que Grand-Mère Grace ait le temps de descendre vérifier les *enchiladas*, le riz et les haricots rouges et que Sam ait le temps, elle, de lui faire part de sa situation à l'école, le tout en feignant de ne pas remarquer que le ton montait entre Wyatt Forster et sa bien-aimée.

Finalement, le père de Sam raccrocha. Les pouces accrochés aux revers de ses poches, il resta figé, les yeux rivés sur le sol de la cuisine.

Sam se garda bien de prendre la parole. Il ne lui appartenait pas de négocier.

— Alors, commença soudain Grand-Mère Grace, si Sam fait tout ce que nous lui avons demandé de faire cet après-midi, l'autoriseras-tu à participer à cette folle équipée à cheval ?

Sam sursauta, stupéfaite d'entendre que sa grand-mère était de son côté. Sa grand-mère, qui, d'habitude, la surprotégeait. Était-ce possible ?

— Bien sûr que oui, répondit Wyatt Forster, les yeux toujours baissés. Entre vous trois, je n'ai pas plus de chance qu'un lapin au milieu d'une réunion de coyotes.

Il releva la tête, se frotta la nuque et ajouta :

— Bon, quand est-ce qu'on mange ?

Chapitre 16

Sam attendit que son père ait pris sa troisième *enchilada* pour lui demander ce qu'il pensait de son idée.

— Espérance s'est déjà cognée plusieurs fois contre les cloisons du box et elle s'érafle de plus en plus la peau.

— Tu parles de la pouliche aveugle ? demanda Grand-Mère Grace.

— Oui, Trudy l'a baptisée Espérance.

— Trudy, hein ? s'étonna Wyatt Forster, les sourcils levés.

Embarrassée, Sam se redressa sur sa chaise.

— C'est elle qui m'a demandé de l'appeler Trudy, parce qu'on travaille ensemble, expliqua-t-elle.

— Si ça vous fait plaisir, marmonna Wyatt Forster.

— Je me suis dit, enchaîna Sam, qu'on pourrait recouvrir le sol d'un matériau différent le long des cloisons, pour alerter son attention. Des copeaux de bois de cèdre par exemple. Je crois que Trudy en a dans sa remise. Il suffirait de les étaler sur une bande d'un mètre de large à peine, ajouta Sam, les mains levées pour mieux préciser son idée. Espérance apprendrait au son et à la sensation sous ses sabots que le danger n'est pas loin.

— C'est une bonne idée, apprécia Grand-Mère Grace avant de tourner la tête avec espoir vers le père de Sam.

— Ça pourrait marcher, dit celui-ci.

— Brynna aussi a un cheval aveugle, rappela Grand-Mère Grace. Tu devrais lui en parler, elle aura peut-être d'autres conseils à te donner.

Bien qu'il n'ait pas l'air d'avoir terminé son repas, Wyatt Forster repoussa son assiette.

— D'accord, accepta Sam. Mais... j'aimerais éviter qu'Espérance continue de se faire mal. Est-ce que je pourrais appeler Trudy après le repas ? Je voudrais lui suggérer le plus tôt possible ce que je viens de vous expliquer.

Sam s'était efforcée de prendre un ton poli. Elle espérait que son père, ou sa grand-mère, lui offrirait de la conduire jusqu'au ranch des Cerfs pour que Trudy Allen n'ait pas à faire le travail seule.

Personne ne se proposa. Sam se leva donc et alla appeler la vieille femme. Elle s'apprêtait à raccrocher, lorsque sa grand-mère lui fit signe.

— Samantha, dis à Trudy que je n'ai rien de prévu ce soir et que je peux passer l'aider si elle le souhaite.

Sam fut très surprise par l'offre de sa grand-mère, qui ne sortait que rarement le soir, mais elle la répéta à son interlocutrice. Dans le silence qui suivit, Sam comprit que l'enjeu de la suggestion faite par sa grand-mère dépassait les règles du bon voisinage. Grand-Mère Grace essayait de renouer une amitié.

— Dis-lui que ce serait formidable, déclara enfin Trudy Allen.

Sam transmit la réponse à sa grand-mère, dont le visage s'illumina d'un large sourire.

— Dis-lui, reprit alors la grand-mère de Sam, de mettre l'eau à bouillir pour le café. Je vais lui apporter des brownies au chocolat du Mexique que j'ai faits.

Ce soir-là, une fois sa grand-mère partie et son père installé au salon, Sam dressa une liste de ses priorités, puis elle appela Jen pour la lui lire à voix haute :

— J'ai essayé d'être honnête, confia Sam à son amie.

— Est-ce que tu sais ce que les cascadeurs disent toujours ? « Surtout n'essayez pas de faire comme nous. » Je crois que tu aurais mieux fait de m'attendre, moi, l'as de l'organisation.

— Jen... murmura Sam, la tête appuyée contre le mur.

— Il faut que je me taise ? essaya de deviner Jen.

— Non, écoute.

Sam attendit. Au bout d'un moment de silence, rassurée sur le fait que Jen ne l'interromprait pas, elle se lança :

— Priorité numéro un : le ranch. Ce qui inclut ma grand-mère, mon père et mes amis, toi et cet idiot de Jake en particulier.

Sam cochait ce premier point, lorsqu'elle entendit Jen s'éclaircir la voix avant de se hasarder à commenter :

— Je ne comprends pas trop pourquoi Jake et moi sommes dans la catégorie « ranch ».

— Oh, mais je peux très bien vous barrer de ma liste, si vous le souhaitez, mademoiselle Jennifer Kenworthy, s'offensa Sam.

— D'accord, d'accord, continue.

— Priorité numéro deux : l'école.

— C'est bien, ponctua Jen. Si je peux me permettre un petit conseil à ce sujet, va voir les professeurs avec qui tu as une mauvaise moyenne.

— Ah, non, ce serait trop gênant, protesta Sam.

— Alors, envoie-leur un mot. Peu importe la forme de ton message, tu dois leur faire savoir que tu prends leurs notes au sérieux. D'accord ?

— D'accord, mais ça ne me plaît pas.

Sam agita la feuille pour que Jen sache qu'elle n'avait pas terminé.

— Priorité numéro trois, poursuivit-elle alors : Caïd et le Programme de protection des chevaux et des cavaliers. En ce qui me concerne, ils devraient venir en deuxième place, avant l'école, mais je crois que mon père et ma grand-mère n'apprécieraient pas. Priorité numéro quatre : Trudy, le refuge pour les mustangs, et Espérance.

— C'est tout ? s'enquit Jen.

— Pourquoi, ça ne suffit pas ? C'est toi qui m'as dit de limiter le nombre de mes... tu sais... de mes engagements.

— Ouais... lui répondit Jen en s'attardant longuement sur le mot.

— Qu'est-ce que j'ai oublié ?

— En dehors du Fantôme ?

— Le Fantôme vient juste après la priorité numéro un, expliqua Sam avec patience. Sous amis et famille.

— Mais bien sûr, quelle balourde je fais ! s'exclama Jen. Rien d'autre ?

Sam savait que son amie avait une idée précise en tête, mais elle ne voyait pas laquelle.

— Aucune affaire de voyou ? ajouta Jen.

Sam laissa les mots retentir et faire des ricochets dans son cerveau, sans succès : elle ne comprenait pas où Jen voulait en venir.

— De quoi est-ce que tu parles ? lui demanda-t-elle alors.

— Oh, tu vois bien ce que je veux dire, répondit Jen. Il n'y aurait pas un petit quelque chose avec Darrell par exemple ?

— Ce n'est pas un voyou. C'est un ami de Jake.

— Je savais que tu l'aimais bien ! commenta Jen avec une petite voix cajoleuse.

— Mais non !

— Et pourquoi est-ce que vous vous parliez à l'oreille dans le hall de l'école ce matin ?

— Je ne peux pas te le dire. C'est un secret. Ne te fatigue même pas à prétendre que tu es vexée, l'avertit Sam. Ça concerne l'école.

— Bon. De toute façon, s'il y a une chose qu'il n'a pas pu te demander, c'est de l'aider en algèbre.

— Dis donc !

— Pardon, pardon, plaisanta Jen d'une voix soudain feutrée, comme si elle avait mis la main sur le microphone du combiné.

Puis Sam l'entendit dire :

— Oui, maman. D'accord. Sam ? Je dois raccrocher. Ma mère a décidé de façon totalement arbitraire qu'à neuf heures...

Une voix cassante s'éleva derrière elle.

— Au revoir, conclut Jen.

Le sourire aux lèvres, Sam reposa le combiné. Elle allait apporter sa liste à son père lorsque le téléphone sonna. C'était Grand-Mère Grace.

— Cette nuit, c'est moi qui reste au ranch des Cerfs, annonça Grand-Mère Grace en riant. Trudy et moi avons décidé de faire une soirée pyjama dans la grange.

— Pardon ?

Sam n'en croyait pas ses oreilles. Quelqu'un avait-il pris sa grand-mère en otage pour qu'elle dise une chose pareille ? C'était peu probable, mais la soirée pyjama l'était tout autant.

— Oui ! insista Grand-Mère Grace. Préviens ton père pour moi, s'il te plaît. Je ne veux pas qu'il pense que j'ai quitté la route et que la Buick est bonne pour la casse.

— Bien, grand-mère.

Sam n'avait même pas encore raccroché que son père apparut à la porte de la cuisine.

— Elle va passer un moment chez Trudy ? demanda-t-il.

— Toute la nuit !

— J'en ai assez entendu pour aujourd'hui, répondit-il en secouant la tête de stupéfaction. Je vais me coucher.

— Papa, est-ce que tu pourrais juste regarder ma liste avant de monter ? lui demanda Sam en lui tendant la feuille de papier.

Visiblement agacé, Wyatt Forster prit la liste des mains de Sam d'un geste nerveux. Les espoirs de Sam s'effondrèrent.

Puis il en entreprit la lecture, et le temps passa. Plus il passait, plus Sam se demandait où elle avait pu se fourvoyer.

— Comment as-tu réussi à grandir si vite ? lui dit enfin son père.

— Je ne l'ai pas fait exprès, murmura Sam, abasourdie et consciente de la platitude de sa réponse.

— C'est une bonne liste. Je t'autorise à manquer tes cours et à participer à ce convoyage mercredi... à deux conditions.

— Tout ce que tu veux, dit Sam.

— Premièrement, tu expliques à tous tes enseignants les raisons de tes difficultés actuelles.

Il attendit que Sam opine de la tête, puis reprit :

— Deuxièmement, je veux que tu me promettes de t'accrocher.

— Oui, papa.

— Je dois dire que rien de ce qui se passe ne me surprend, poursuivit le père de Sam en se tapotant la paume de la main avec la liste, à l'exception d'une chose : comment en es-tu venue à t'attacher à Trudy Allen ?

Sam poussa un long soupir.

— En la voyant faire face à Norman White, alors que lui insistait pour tuer les mustangs. Elle est restée polie, mais elle lui a tenu tête. Jusqu'alors, je ne comprenais pas comment elle pouvait aimer ses chevaux et, dans le même temps, les négliger. Je crois qu'en fait elle n'avait pas le choix.

— À ton avis, elle avait perdu la tête ? Quelque chose ne tournait pas rond chez elle ?

— Non. Je pense qu'elle était déprimée par le départ de ses enfants et la disparition de son mari, et qu'elle en avait oublié ses chevaux. Maintenant, elle a retrouvé le moral, ses terres sont de nouveau fermées par des clôtures qui tiennent debout, et Grand-Mère est en train de redevenir son amie. Je suis sûre qu'elle s'en sortira très bien.

— On fera en sorte que ce soit le cas. Sur ce, au lit jeune fille !

— À demain ! lança Sam en grimpant les marches de l'escalier d'un pas léger.

Il était encore trop tôt pour dormir, mais parfois, il est judicieux de ne pas pousser un avantage trop loin.

*

Le jour du convoyage arriva, bleu, blanc et si froid que Caïd eut du mal à quitter la grange.

— Allez, mon cheval, le cajola Sam. Écoute, ils arrivent.

Sam venait d'entendre vibrer les planches en bois du pont. Le camion à bétail qui le traversait pour entrer sur les terres du ranch appartenait aux Ely. Nate, le frère de Jake, avait accepté de faire le tour des Trois Poneys, du Méandre et de la Poussière dorée pour prendre les chevaux de selle à conduire jusqu'à Willow Springs.

Jake et deux autres de ses frères y monteraient en pick-up, et Sam et Jen, dans la vieille Buick de Grand-Mère Grace. Sam ne considérait plus sa grand-mère comme la pire des conductrices du comté, mais elle aurait tout de même préféré partir avec Caïd.

Le hongre avança d'un pas, puis secoua la tête et s'immobilisa, les rênes pendantes entre lui et Sam.

— Cesse de regimber, lui reprocha Sam. Tu sais très bien que ça va te plaire.

Certes, Caïd avait soif de contacts humains plus que tout désormais, mais c'était un mustang tout de même ! Et la journée qui commençait lui permettrait de galoper dans la prairie en compagnie d'un vrai troupeau.

— Tu verras, tu me remercieras, lui dit Sam en l'entraînant fermement vers le camion.

Sam portait une veste et des gants de laine. Elle avait enfilé un caleçon long sous son jean, et elle avait même envisagé de prendre le cache-nez orange fluo que Tante Sue lui avait tricoté. Mais elle avait fini par le remettre dans son tiroir. Il avait beau être chaud, il était un peu trop voyant à son goût.

Nate abaissa la rampe du camion, et Caïd, qui s'était enfin décidé à coopérer, entra sans résister. Sur les trois chevaux qui s'y trouvaient déjà, seule l'Ensorceleuse, la jument noire de Jake, protesta à coups de ruades contre l'arrivée du hongre.

L'Ensorceleuse avait des raisons d'être ombrageuse. Jake ne l'avait pas montée depuis des semaines. Le convoyage serait l'occasion de leurs retrouvailles. Sam avait bien évidemment dit à Jake qu'elle le trouvait fou. Que la journée ressemblerait très certainement à un véritable rodéo de trois heures de temps au moins. Tout en lui adressant l'un de ses fameux sourires de chat de gouttière fier et supérieur, Jake s'était contenté de lui répondre :

— Ouais, ça va être bien, hein ?

Sam n'avait pas réellement escompté mieux comme réponse. Elle ne connaissait pas un seul cow-boy qui renoncerait à quoi que ce soit de peur de se blesser.

— À tout à l'heure, Caïd, lança Sam tandis que Nate remontait et verrouillait la rampe du camion.

Norman White allait et venait sous la galerie en bois qui longeait la façade du bâtiment administratif du Bureau de gestion de Willow Springs. S'il avait mis ce long manteau de laine pour allonger sa silhouette, il aurait mieux fait de s'abstenir.

Les six adolescents étaient alignés devant le bâtiment, les rênes de leurs chevaux en main, attendant en silence que Norman White leur fasse entendre autre chose que le bruit de ses bottes qui retentissait au rythme de ses pas. Ils auraient bien aimé que le remplaçant de Brynna Olson accélère le mouvement.

Grand-Mère Grace aurait dit que Norman White était plus nerveux qu'un chat. Sam, elle, était d'avis qu'il détestait enfreindre les règles.

— Bien sûr, Mme Allen a signé les papiers d'adoption, se lança-t-il enfin, tout en triturant les franges de son écharpe. Et comme vous le savez, elle a reçu l'autorisation spéciale de faire convoyer le troupeau jusqu'à son ranch par la prairie au lieu de les faire transporter jusque là-bas par camion.

Norman White avait l'air si abasourdi qu'il risquait fort d'énumérer des évidences de ce genre pendant des heures. Prenant pitié de lui, et de ses amis, Sam passa à l'action.

— Monsieur White, nous savons tous faire du cheval, et nous avons tous participé à des convoyages, annonça-t-elle. Hier soir, nous nous sommes même retrouvés pour nous mettre d'accord sur la meilleure façon de conduire ces chevaux. Chacun de nous sait quel sera son rôle. Nate ouvrira la marche ; je la fermerai. Les autres encadreront le troupeau sur les côtés.

— Le terrain est très accidenté, les mit en garde Norman White.

— Oui, et nous sommes tous nés sur des terres situées entre ici et le ranch des Cerfs, lui fit remarquer Jen. Nous connaissons tous les canyons, tous les ravins, et tous les endroits où la *playa* dissimule des sables mouvants.

— Faites-nous confiance, monsieur, intervint Nate d'un ton respectueux. Pour nous, ce trajet n'est rien. Nous avons tous participé à des convoyages d'une semaine ou plus.

Comme pour marquer son assentiment, Fouineur, le cheval de Nate, un hongre bai brun avec une tache blanche sur le menton, leva la tête et hennit avec enthousiasme.

— Nos chevaux aussi connaissent leur métier, précisa Jen tout en flattant l'encolure de sa monture.

Sam n'avait jamais vu Bas de Soie, la jument palomino que Jen avait surnommée Bébête, se tenir aussi droite, l'air calme et déterminé à travailler.

— Si vous le dites, se résigna M. White en indiquant le grand corral de la main. Bonne chance à vous.

En quelques secondes, les six cavaliers avaient sauté en selle et positionné leurs chevaux.

Sam pensait mourir d'impatience lorsqu'on déverrouilla le portail et qu'on l'ouvrit en grand.

Le hongre au chanfrein busqué se hasarda le premier. Il avança prudemment, chaque ligne de son corps traduisant ses hésitations. Toujours au pas, il huma les odeurs qui flottaient dans l'air glacé ; d'un mouvement de tête, il jaugea chaque cheval et chaque cavalier ; puis, soudain, il partit au trot. On l'avait déjà trompé, il ne se laisserait plus prendre au piège. Aussitôt, les autres mustangs lui emboîtèrent le pas.

Devant eux se déroulait le chemin de terre. Il les mènerait en haut d'une colline, avant de les faire redescendre vers la grand-route. Il était dégagé et aussi peu semé d'embûches que la main de l'homme l'avait permis.

Grand-Mère Grace avait garé sa voiture en bas de la route qui montait jusqu'à Willow Springs, pour pouvoir bloquer la circulation le moment venu. Non que les voitures soient nombreuses par là un mercredi à sept heures du matin, mais puisque la vie offrait à ces pauvres chevaux une deuxième chance, il aurait été dommage qu'elle soit gâchée bêtement.

Tel un ruban multicolore, le cortège des mustangs et des cavaliers s'étira le long du défilé du

Chas de l'aiguille. Aucun des chevaux n'essaya de s'enfuir.

Quelle chance ! songea Sam en jetant un œil par-dessus la falaise vers le pan rocheux si raide qui descendait vers la grand-route. Un jour, elle avait dévalé cette pente au galop, montée sur Caïd, le Fantôme à ses côtés. Les pierres avaient jailli sous les sabots des deux mustangs, les plaques de schiste avaient éclaté en mille morceaux. Seuls Caïd et le Fantôme avaient pris du bon temps. Sam ne voulait plus jamais descendre ainsi ce flanc de colline où elle aurait pu se briser le cou.

Lorsque Grand-Mère Grace aperçut la poussière soulevée par le troupeau, elle déplaça sa Buick jusqu'au milieu de la grand-route.

Au premier claquement de leurs sabots sur l'asphalte, les mustangs s'effarouchèrent. Le noir au caractère ombrageux tenta de sauter les deux voies, mais il échoua. Suivi du reste du troupeau, il fit marche arrière.

Prenant la même voix douce et chantante qu'il utilisait avec le bétail, Jake ôta alors son Stetson noir et l'agita doucement. Il avait l'air heureux, dans son élément. Ses mouvements étaient si naturels qu'aucun des chevaux ne s'affola.

Au bout d'un moment, le grand bai aux balzanes blanches s'écarta de Jake et se lança. Aussitôt, les autres l'imitèrent, et tous traversèrent la grand-route en bondissant et en levant haut les sabots.

Même en les voyant de derrière, Sam put apprécier leur grâce. Elle aimait fermer la marche des convois. Dès que tout le monde serait passé de l'autre côté de la chaussée, elle pourrait prendre le temps de contempler les étendues qu'ils traversaient. C'était l'hiver et, pourtant, les collines couvertes d'armoise se déroulaient dans le paysage tel un océan gris-vert.

Bientôt, il ne resta plus auprès de Sam que la petite alezane aux membres difformes. Sam claqua de la langue doucement en la regardant. À travers le voile de sa crinière couleur de lin, la pouliche étudia Sam un instant, puis se décida. Arrivée au milieu de la route, elle s'arrêta pour jeter un œil par la fenêtre de la Buick.

— Bonjour ! lui lança Grand-Mère Grace.

Sa curiosité étant satisfaite, la pouliche s'élança à la suite du troupeau. À l'observer, Sam s'avoua heureuse que le Bureau de gestion ait capturé la petite alezane dans la prairie. Elle avait beaucoup de mal à avancer. À l'état sauvage, elle aurait attiré les prédateurs et n'aurait jamais pu leur échapper. Elle aurait fini dans une tanière remplie de coyotes ou sous la dent d'un puma.

Grâce à Trudy Allen, elle marchait désormais vers un espace protégé, où elle pourrait retrouver une quasi-liberté.

Sentant le moment bientôt venu où on l'autoriserait à traverser la plaine des Tambours de guerre au galop, Caïd se mit à tirer sur les rênes. Sam et Jen laissaient toujours la bride sur le cou à leur monture à cet endroit, et Caïd le savait.

Il regarda à peine la petite mare qui se trouvait là. Il n'avait pas soif, pas plus que les autres mustangs d'ailleurs. Bref, il ne voyait aucune raison de marcher au pas.

Il ne savait pas que, la veille, Sam et ses coéquipiers s'étaient mis d'accord pour offrir aux chevaux l'occasion de leur premier galop.

Soudain, Nate lança son hongre bai à l'avant du troupeau. Bien que Sam soit loin derrière, elle entendit les cris aigus qu'il poussait pour encourager les autres chevaux à le suivre.

Tous les cavaliers se penchèrent alors sur l'encolure de leurs montures et les lancèrent elles aussi au galop, tout en claquant de la langue et en sifflant à l'intention du reste du troupeau. En l'espace de quelques minutes, le sol résonna du tonnerre de leurs sabots, et les cavaliers eurent du mal à suivre le mouvement. En même temps, les pie, les bais et les noirs avaient compris qu'ils pouvaient galoper sans avoir à craindre qu'un hélicoptère les force à faire demi-tour.

Sam ne percevait plus que le bruit confus du martèlement, des grognements, des hennissements.

Mais, tout à coup, un cri sauvage, aigu retentit dans les falaises rocheuses. En réponse, Caïd redoubla de vitesse.

Les yeux larmoyants dans le vent, Sam se risqua néanmoins à lever la tête. Les nuages étaient si chargés de neige que le vent mugissant ne parvenait à les effiler en volutes blanches que sur leur frange.

C'est alors qu'un autre roulement de sabots s'approcha, se fit plus bruyant, jusqu'à envelopper Sam dans son mouvement. L'esprit de Sam se troubla. Elle était censée fermer la marche du convoi. Tous les chevaux auraient dû se trouver devant elle.

Les doigts serrés sur les rênes, le poing reposant fermement sur le pommeau de la selle, Sam se tourna. Peut-être des chevaux s'étaient-ils échappés des enclos de Willow Springs à l'insu de tous.

Aucun cheval ne s'était échappé.

Le seul à suivre Sam était le Fantôme, lancé au galop, réduisant à chaque foulée la distance qui le séparait d'elle. Il avançait, fonçant tel un nuage d'orage prêt à exploser. D'instinct, Sam se pencha bas sur l'encolure de Caïd et se prépara. Tout autour d'elle tournait en un tourbillon étourdissant. Seul son cœur resta calme, tandis que Caïd faisait un brusque écart vers la gauche et décochait une ruade avant d'augmenter encore l'allure pour se couler dans celle du Fantôme.

Chapitre 17

Au bout d'un moment, Sam tenta de reprendre les rênes, pour rappeler à Caïd qu'il avait un mors dans la bouche et que c'était elle qui commandait.

Sa place était à l'arrière du troupeau, et elle était bien décidée à y rester, même si son vœu le plus cher à cet instant était de suivre l'étalon d'argent.

Caïd, lui, n'avait pas le même sens du devoir. Il résista. Lorsque Sam exerça plus de pression, il leva la tête, faisant tout son possible pour se mettre contre sa main.

C'est alors que l'étalon bondit en avant pour les dépasser. Il galopait à trois mètres de Sam et de Caïd environ, sur leur gauche et, subitement, Sam eut la désagréable impression de comprendre ce qu'il avait en tête. Il voulait voler le troupeau.

La seule façon de l'en empêcher était d'autoriser Caïd à le suivre. Sam laissa donc de nouveau filer les rênes entre ses doigts. Aussitôt, le hongre bondit à son tour et, avec une impulsion décuplée, augmenta son allure pour rattraper l'étalon.

Si l'objectif du Fantôme était de séparer les juments du reste des chevaux et de les forcer à le suivre, il fallait absolument que Sam arrive près d'elles avant lui. Elle obligerait Caïd à s'interposer.

Durant plusieurs folles minutes, l'étalon et le hongre galopèrent côte à côte. Même si le Fantôme parvenait à isoler quelques juments, les rassembler lui prendrait du temps, ce qui le ralentirait. Sam ferait son devoir et tâcherait de déjouer son plan, quand bien même une partie d'elle aurait aimé voir ces juments libres.

Soudain, le Fantôme se rapprocha. Ses muscles roulaient sous sa robe argentée pareille à du satin. Moins de deux mètres les séparaient désormais.

À sentir sa chaleur si près d'elle, Sam oublia toutes ses responsabilités. Elle mourait d'envie de sauter du dos de Caïd sur celui de l'étalon. Elle voulait se pencher vers cette crinière qui flottait, soulevée par le vent telle une flamme blanche. Elle rêvait d'en sentir la texture sur sa joue et de s'y accrocher pour se laisser emporter elle aussi dans les montagnes.

Elle savait, bien sûr, que c'était impossible, mais il était si près. Il lui serait facile de le toucher.

Elle n'avait pas passé sa main sur sa peau depuis ce rodéo où il s'était effondré, inconscient, sa belle robe maculée, vaincu par les drogues que cette horrible Karla Starr lui avait fait ingérer[1]. Et voilà qu'il courait, libre, en pleine possession de ses moyens, à portée de ses doigts.

Sam ne résista pas. Elle se pencha.

Sa main avait à peine effleuré l'épaule à l'aspect vernissé de l'étalon que Caïd sentit le poids de sa cavalière se déplacer. Répondant à ce qu'il pensait être un signal, il dévia brusquement sur la gauche et heurta le Fantôme de plein fouet.

Le souffle coupé, Sam se sentit fléchir, glisser, tomber. Tels les rayons brun et blanc d'une roue tournant à une vitesse vertigineuse, les membres des deux chevaux lancés en plein galop lancèrent des éclairs sous ses yeux troublés. Au fur et à mesure, le sol du désert qui défilait, brun, vert, gris, parsemé de pierres, se rapprochait dangereusement de son visage.

Frénétiquement, Sam serra les jambes. Elle enfonça plus profond les pieds dans les étriers. Si elle résistait au mouvement qui, à chaque foulée, l'entraînait inexorablement, elle réussirait peut-être à redresser le buste d'un coup, et à éviter ainsi d'être tout à fait désarçonnée et de finir face contre

1. Voir *Cheval fantôme – Le cheval rebelle.*

terre. D'une main, elle parvint à agripper la crinière de Caïd et, sourde à la douleur de ses tendons distendus, se remit droite à la force du poignet.

Haletante, mais de nouveau bien calée au centre de sa selle, Sam découvrit alors, incrédule, que le Fantôme s'était mis à taquiner Caïd, l'encourageant à jouer. Le puissant étalon batifolait comme un poulain, sautait et lançait des ruades, ses sabots tournés vers le ciel.

Sam jeta un œil vers ses coéquipiers. Aucun n'avait conscience que le Fantôme les suivait. C'était magique, ils étaient seuls, comme invisibles. Arrivé devant un buisson d'armoise, l'étalon replia sous lui ses antérieurs et s'envola, ses postérieurs dépliés suivant en une ligne gracieuse avant qu'il ne se réceptionne.

Zanzibar. Sam prononça son nom secret mentalement. Même lorsqu'elle serait devenue une vieille femme, elle se souviendrait de cet instant. Personne d'autre qu'elle n'avait pu admirer Zanzibar galoper pour le simple plaisir de le faire.

Il fallut que, redoublant encore de vitesse, il oblique vers Brian Ely pour que les autres se rendent compte de sa présence. Brian y regarda à deux fois avant de pointer le doigt dans sa direction. Les autres cavaliers tournèrent la tête pour mieux regarder, mais ils maintinrent le troupeau au galop.

C'est alors que l'étalon décida de les quitter.

Rapide comme le vent, il dépassa les autres mustangs. Il frôla Bébête qui, prise d'une crainte mêlée d'admiration, ralentit tellement que Jen faillit passer en soleil par-dessus les oreilles du palomino. Indifférent, le Fantôme poursuivit sa folle course et dépassa Jake et l'Ensorceleuse, avant d'agiter la queue sous le nez du hongre au chanfrein busqué.

D'un bond en planer, tel un cheval de manège, il rattrapa ensuite le cheval de tête. Le hongre bai de Nate n'eut pas le temps de réagir que l'étalon d'argent, lui faisant une queue de poisson, se rabattit et, comme un bolide, fila vers la droite.

Tout le monde l'observa alors comme il traversait le ruisseau au milieu d'une gerbe d'eau et sautait sur l'autre rive, où il s'immobilisa pour s'ébrouer comme un grand chien, sa robe d'argent brillante projetant une nuée de gouttelettes autour de lui.

Les cavaliers redoublèrent d'effort pour barrer la route aux mustangs tentés de s'élancer derrière l'étalon qui, ayant trouvé un sentier dans les contreforts, le suivit par-dessus une dizaine de mesas[1] en escalier avant de disparaître.

1. Une *mesa* (« table » en espagnol) est une élévation de terrain dont le dessus est plat et les côtés constitués de falaises. On en trouve beaucoup dans les environnements arides du sud-ouest des États-Unis.

Nate ralentit l'allure, et le troupeau l'imita. Les cavaliers postés sur les côtés, imprimant à leur monture la direction, firent obliquer l'ensemble des chevaux vers le ranch des Cerfs.

Une fois sur les terres de Trudy Allen, il ne restait plus aux cavaliers qu'à diriger le troupeau vers le grand pré. Jake se mit en travers du chemin de l'un des pie, qui semblait déterminé à aller vers la grange. Jen s'occupa avec Bébête de couper la route au hongre noir ombrageux qui s'était mis dans la tête de le suivre. Finalement, chacun des mustangs se laissa guider sans résister, et lorsqu'ils comprirent qu'un immense pâturage ceint de clôtures neuves les attendait, tous s'élancèrent dans sa direction au galop.

Les cavaliers s'arrêtèrent. Trudy tenait le portail du pré ouvert, et les chevaux s'y engouffrèrent, la pouliche alezane en dernier.

Vêtue d'un large pantalon noir et d'une veste rouge qui semblait être en laine d'agneau à bouclettes, Trudy Allen referma le portail et mit le verrou.

— Bienvenue chez vous ! lança-t-elle aux chevaux.

Puis elle se tourna vers les cavaliers. Adossée à la barrière, sa queue-de-cheval basse soulevée par le vent, elle ajouta :

— Merci.

Un concert de voix lui répondit que le convoyage avait été un plaisir, en rien une corvée, et bien trop court. Toujours montés sur leurs chevaux aussi excités qu'eux, les six coéquipiers, de grands sourires aux lèvres, allèrent de l'un à l'autre pour se féliciter en se tapant dans les mains. Aucun ne mentionna le Fantôme.

Soudain, le carillon d'un vieux triangle se fit entendre, et Trudy, d'un signe de la main, invita les jeunes à la suivre vers la maison, où les attendait un copieux petit déjeuner comme on en mange dans les ranchs.

Les six coéquipiers mirent pied à terre, emmenèrent leurs montures respectives se rafraîchir, puis envahirent la maison de Trudy Allen. Même les yeux bandés, Sam aurait reconnu la cuisine de sa grand-mère. Les plats de pommes de terre sautées sentaient bon l'oignon croustillant ; les saladiers remplis d'œufs brouillés étaient décorés de bacon émietté ; et le centre de la table était surchargé de carafes de jus d'orange et de montagnes de muffins à la farine de maïs.

Il était tout juste midi, et les six amis n'avaient jamais connu de meilleur jour de vacances. Tout le monde était à l'école, sauf eux ! Ils avaient encore toute la journée devant eux. Une fois rassasiés de ce festin, confortablement adossés au dossier de leur chaise, ils se délectèrent du chocolat chaud servi en dessert.

— Au fait, c'était un mirage ou est-ce que j'ai vu le Fantôme tout à l'heure ? demanda soudain Brian Ely en faisant le tour de la table du regard.

— Ouais, c'était bien lui, répondit Jake, tandis que ses autres frères acquiesçaient aussi.

Sam retint son souffle, et Jen se raidit sur sa chaise, mais personne ne se tourna vers elles pour leur demander leur avis.

— Vous croyez qu'il voulait voler des juments ? demanda Trudy Allen tout en aidant Grand-Mère Grace à débarrasser la table.

— Sans vouloir te vexer, Trudy, j'espère bien que non. N'importe quel étalon verrait que ces juments ne sont pas de tout premier choix, ajouta Grand-Mère Grace, déclenchant un éclat de rire général.

— C'est vrai qu'il n'a pas beaucoup insisté, dit Jake.

— Il n'en voulait pas, sinon il aurait réussi à les emmener, fit remarquer Nate. Vous ne croyez pas ? Qui l'en aurait empêché ? Le vieux hongre bai ? Ça m'étonnerait.

— Si ça se trouve, il voulait juste s'amuser, suggéra Brian.

Sam sourit. Brian avait raison. Le Fantôme avait passé beaucoup de temps enfermé, maltraité par les employés de Karla Starr. Il avait appris à détester les hommes, il aurait pu en tuer. Heureusement, il avait échappé à ce cauchemar et, désormais, il savourait sa liberté.

— En plus, c'est à peine s'il a remarqué qu'on était là, ajouta Brian.

— C'est parce qu'il est roi là-bas, lui répondit Jen. Dans la prairie, les hommes n'ont pas de poids.

— Les femmes non plus, plaisanta Brian.

Jen remonta ses lunettes à monture noire sur son nez, puis reprit d'un ton patient :

— On était sur son territoire, et il nous a littéralement escortés.

Jake lui-même en convint d'un hochement de tête réticent. Sam s'autorisa alors un seul commentaire :

— Il a juste voulu nous dire qu'il était de retour.

Lorsque les cavaliers se préparèrent au départ, quelques flocons tombaient des nuages qui voilaient le ciel. Parfois, Sam aimait bien faire du cheval sous la neige mais, ce jour-là, elle avait passé suffisamment de temps sur Caïd.

Aussi, lorsque Nate lui proposa de conduire le hongre jusqu'au Méandre pour qu'elle puisse rentrer en voiture avec sa grand-mère, Sam faillit, de gratitude, se jeter à son cou.

Une fois le calme revenu dans le ranch, Sam et Trudy allèrent rendre visite à Espérance.

C'était le mercredi après-midi. Sam avait posé les yeux sur la pouliche le lundi matin après sa nuit passée dans la grange. Et pourtant, elle avait l'impression de ne pas l'avoir vue depuis beaucoup trop longtemps.

Toutefois, elle était libérée du sentiment de culpabilité qui l'avait étreinte la veille au soir. Elle savait désormais que la petite était en de bonnes mains, même si ce n'était pas les siennes. Maintenant qu'elle avait constaté que le Fantôme était indemne et heureux, quelque chose en elle avait changé.

Trudy et elle traversèrent la cour. Dans le pâturage, la neige s'amoncelait vite. Fine et légère, elle feutrait le bruit des sabots des mustangs qui inspectaient leur nouvelle demeure.

— Je veux te montrer quelque chose, dit Trudy à Sam en indiquant la grange du doigt. Ton idée de copeaux de bois de cèdre a très bien fonctionné. J'ai donc repris ton idée pour le paddock. Regarde.

Une bande de gravier suivait le pourtour de l'enclos, le long de la barrière. Trudy en avait même mis au pied de deux petits arbres qui se trouvaient là, toujours pour prévenir Espérance du danger.

— Vous l'y avez déjà mise ? demanda Sam. On peut le faire maintenant ?

— Oui, j'ai déjà essayé, et elle adore. Écoute-la, tu l'entends rouspéter ? Elle a envie d'y retourner. Le problème, c'est qu'elle ne sait pas ce que c'est que la neige.

Tout en parlant, Sam et Trudy étaient entrées dans la grange. La vieille femme ouvrit la porte de communication entre le box et le paddock et, du bout des doigts, incita Espérance à sortir. Aussitôt, les cris d'impatience de la pouliche à la robe blanche et dorée se turent. Sans attendre sa mère, le nez levé de plaisir, elle sortit dans l'enclos comme une fusée. Elle en fit deux fois le tour en décochant ruade après ruade. Ses postérieurs étaient encore si fins et délicats qu'ils se tirebouchonnaient à chaque mouvement et finirent par percuter le flanc de Belle.

Pour échapper à un autre coup, la jument se rua vers la porte pour trouver protection dans le box. Mais celle-ci, poussée par une rafale de vent, se ferma sous son nez. Belle se tourna, résignée à s'occuper de ce bébé trop débordant de vie pour elle. Elle mordilla sa crinière naissante, et la petite protesta en se cabrant. Il n'y avait rien à faire, Espérance ne voulait pas rester tranquille. Elle recula pour se mettre à bonne distance de sa mère et, là, soudain, elle s'immobilisa.

Elle avait fini par remarquer que le fond de l'air avait changé.

L'espace d'une minute, elle trembla. Puis elle leva le nez aussi haut que sa courte encolure le lui permettait.

— Elle a senti la neige, dit Sam.

Les longs cils blancs de la pouliche battirent plusieurs fois, et ses yeux bleus aveugles fixèrent les nuages. Sam commençait à prendre pitié, lorsque Espérance sortit sa longue langue rose.

— Elle attrape les flocons ! s'écria Sam en frappant des mains de plaisir.

— C'est un vrai petit trésor, soupira Trudy en croisant les bras et en glissant ses mains nues dans ses manches. Quand je pense que ce monstre voulait la tuer.

En silence, Trudy et Sam se tournèrent alors vers le pré auquel les autres mustangs s'habituaient peu à peu. Ils s'étaient tous regroupés à l'angle opposé, où ils paissaient tranquillement.

Trudy mit une main en visière, comme si ce geste pouvait l'aider à mieux discerner les chevaux.

— Il est impossible de distinguer lesquelles de ces taches noires sont des chevaux, des rochers, ou des buissons d'armoise. Mais au moins, quand tu reviendras, chacun de ces mustangs aura un nom.

— Vous allez bien vous amuser à les baptiser, lui dit Sam.

— Chaque aspect de ce projet m'amuse, et me fait du bien, lui répondit Trudy. En fait, est-ce que tu me trouverais folle si j'essayais de m'entendre avec Brynna pour lui prendre d'autres chevaux que personne ne veut adopter ?

— Folle ? Je vous trouverais formidable ! s'exclama Sam. Cela dit, je ne connais pas le nombre d'hectares qu'ils exigent par cheval.

— Moi non plus. Mais j'ai réfléchi à ce problème et je me demande si je ne vais pas essayer de convaincre Linc Slocum de me revendre les terres que je lui ai cédées à la mort de mon mari.

« Je savais que c'était lui, marmonna Sam intérieurement. C'est toujours lui. »

Derrière elles, le pré devenait lentement blanc. Brusquement, un claquement violent les fit sursauter.

— Il faut que je fasse changer le verrou de cette porte, déclara Trudy en faisant un signe de tête vers le paddock. Chaque fois qu'elle se ferme aussi brutalement, ça me fait une de ces peurs !

Sam se tourna de nouveau vers le grand pâturage et pensa y distinguer l'étalon bai.

— À mon avis, ces messieurs-dames vont adorer vivre ici, murmura Sam.

— Et j'adore déjà les avoir avec moi, lui répondit Trudy Allen avec un sourire satisfait.

*

Allongée à plat ventre sur son lit, Sam travaillait. Cela faisait déjà une heure. Elle avait deux interrogations le lendemain.

Sam posa le front sur son livre de littérature. Et si la salle des professeurs n'était pas le lieu où ces derniers mangeaient et corrigeaient des copies ? Et s'ils s'en servaient uniquement pour s'y retrouver et se mettre d'accord en secret pour que toutes les interrogations tombent le même jour ?

Sam cala sa joue dans sa paume. Si c'était le cas, Mme Ely n'était pas au courant. Elle leur avait annoncé un devoir sur table pour le vendredi.

Grand-Mère Grace avait finalement accepté de dispenser Sam de corvée de vaisselle. En contrepartie, elle n'avait droit ni à la télévision ni au téléphone, ce qui ne la dérangeait pas. Mais elle avait tout intérêt à réussir ses contrôles, sinon elle pouvait s'attendre à tout de la part de son père et de sa grand-mère.

Vingt minutes plus tard, Sam referma son livre de littérature. Elle avait tout lu, répondu à toutes les questions posées en exercice à la fin de chaque texte et griffonné quelques idées par rapport aux sujets de rédaction proposés. Elle se sentait prête.

Elle s'attaqua à l'algèbre, mais une question la tracassait et l'empêchait de se concentrer.

Où avait-elle mis ce bout de papier que Grand-Mère Grace lui avait donné le samedi ? Elle retourna sa chambre de fond en comble et finit par le trouver, sous un jean. Oui, le numéro de Darrell était bien marqué dessus. Il ne lui restait plus qu'à trouver le courage de le composer.

Sam descendit dans la cuisine en chaussettes. Son père et sa grand-mère regardaient la télévision.

— Il faut que j'appelle quelqu'un pour mon cours de journalisme, leur dit-elle. Vous pouvez écouter si vous voulez.

Le regard de son père quitta lentement le petit écran pour venir se poser sur sa fille. Il apprécia en un coup d'œil son jogging froissé, le stylo qu'elle faisait tourner dans ses doigts et hocha la tête.

— Vas-y, décida-t-il. Même les prisonniers ont droit au téléphone une fois.

Darrell était surpris de son appel, mais il déchanta vite en découvrant ce qu'elle avait à lui dire :

— Tu dois aller voir Mme Santos et lui avouer la vérité.

— C'est ça, railla-t-il. Parce qu'à ton avis, elle va croire que les gars les plus populaires de l'école sont à la tête d'une bande de fraudeurs ?

— C'est pourtant le cas, non ? Je veux écrire cet article. En fait, ajouta Sam avec une grimace d'embarras, j'ai déjà dit à M. Blair que j'étais sur un bon sujet. Tu dois prévenir Mme Santos avant que le journal ne sorte, pour qu'elle puisse agir.

Durant le silence qui suivit, Flamme gratta à la porte de la cuisine. Sam le laissa entrer. Comme s'il ne l'avait pas vue depuis des jours, le colley se mit à bondir en faisant des tours sur lui-même. Sam lui donna un biscuit et lui gratta les oreilles.

— Pourquoi est-ce que ce serait à moi de le faire ? Pourquoi pas toi ? insista Darrell.

— Parce que je ne le ferai pas, c'est tout.

— Et tu ne crois pas qu'elle donnera le nom de celui qui les a dénoncés ?

— Non. À mon avis, elle gardera sa source secrète. Cela dit, je dois reconnaître qu'on ne peut jamais être sûr de rien avec Mme Santos.

Quelques semaines plus tôt, pour une raison totalement injustifiée, le proviseur avait exclu Sam de l'autobus de ramassage pendant quinze jours[1].

— Par contre, elle risque de te demander où tu as trouvé cette fausse autorisation de sortie, reprit Sam. Est-ce que tu peux me le dire ?

Darrell devait s'être préparé à cette question depuis longtemps, car il explosa :

— C'est Kris qui me l'a donnée pour que je me la boucle !

Du chantage ?

1. Voir *Cheval fantôme – Le cheval rebelle.*

Sam regretta encore plus d'avoir été assez niaise pour admirer Kris Cameron. Darrell, lui, se montra galant et ne remua pas le couteau dans la plaie.

Lorsque Sam raccrocha enfin, tous deux avaient conclu un marché. Darrell irait voir Mme Santos, et Sam écrirait l'article. Alors qu'elle quittait la cuisine, Sam se dit soudain qu'elle avait fait une mauvaise affaire. Si Kris et ses acolytes de l'équipe de football américain ne la tuaient pas, Rachel s'en chargerait.

Toutefois, elle se ravisa : si elle ne réussissait pas son contrôle d'algèbre, tous ses ennemis devraient faire la queue derrière son père et sa grand-mère pour se venger.

Sam monta les escaliers d'un pas traînant.

— Je repars dans ma cellule d'isolement, lança-t-elle en tournant la tête vers le salon.

— Amuse-toi bien, ma chérie ! lui répondit sa grand-mère.

Parfois, sa grand-mère avait un sens de l'humour vraiment tordu, se dit Sam, atterrée.

*

Le temps avait tourné. C'était de la neige mouillée qui tombait. Lorsque Sam et Jen descendirent de l'autobus le lendemain après-midi, leurs cheveux furent recouverts en un rien de temps de paquets de flocons collants. Tout alentour était blanc, à l'exception de la voiture de Grand-Mère Grace. La Buick jaune avançait péniblement, au bruit du cliquetis des chaînes à neige.

Grand-Mère Grace s'arrêta et descendit sa vitre. Sam s'approcha en tirant Jen derrière elle.

— Grand-mère, tu peux conduire Jen chez elle, n'est-ce pas ?

— Bien sûr, à moins qu'elle ne veuille rester avec nous. Sa mère est d'accord pour qu'elle nous accompagne jusque chez Trudy. Comme ça, elle pourra voir Espérance...

— Super !

— Oh, oui, vite !

— Trudy n'a plus rien à lire. J'ai décidé de lui apporter quelques romans pour lui éviter d'avoir à se déplacer jusqu'à la bibliothèque de Darton.

Sam eut soudain la terrifiante vision du pick-up de Trudy Allen fonçant à toute allure de congère en congère comme la luge d'un Père Noël fou, mais elle se garda bien de partager ses pensées avec sa grand-mère.

— C'est gentil de ta part, préféra-t-elle lui dire en se glissant à côté de Jen sur la banquette arrière de la Buick.

Cinq minutes plus tard, le ranch des Cerfs était en vue. La neige recouvrait son toit comme un nappage au sucre blanc sur un gâteau. Sam se souvint que, peu de temps auparavant, elle avait eu peur de cette maison, mais elle ne savait plus trop pourquoi.

— Je n'ai pas oublié que tu avais un contrôle demain, Samantha. On ne restera pas longtemps, annonça Grand-Mère Grace.

— D'accord, accepta Sam, avant de se pencher vers sa grand-mère et d'ajouter : Au fait, je ne sais pas si j'ai réussi mon interrogation en anglais ce matin, mais Mlle Pinson... notre professeur d'anglais... est passée devant la salle de M. Blair cet après-midi et, quand elle m'a vue, elle m'a souri en levant le pouce. C'est plutôt bon signe, tu ne crois pas ?

— Absolument, répondit Grand-Mère Grace. De toute façon, je n'ai jamais douté de toi.

Sam s'adossa de nouveau à la banquette, sereine. Ses notes remontaient, son père et sa grand-mère seraient donc rassurés. Darrell avait parlé à Mme Santos. Certes, Kris l'avait déçue, et elle avait hâte de le faire punir pour sa faute. Le Fantôme allait bien et, à l'heure qu'il était, il devait être confortablement installé dans sa vallée secrète. La vie était belle.

Avant même qu'elle descende de voiture, Sam entendit Belle hennir.

— On te rejoint dans une minute, grand-mère.

Sam entraîna Jen vers la grange.

— Pauvre Belle, expliqua-t-elle à son amie. Espérance n'arrête pas de lui tirer la queue. C'est devenu une petite canaille, mais je suis sûre que tu vas l'adorer.

L'imposante silhouette de Belle se détachait dans la pénombre. La jument était collée contre la porte du box, et ses hennissements étaient assourdissants.

— Il fait vraiment sombre ici, dit Sam. Attends, je vais allumer. Espérance est tellement vive, et intelligente ! C'est une pie *medicine hat*...

Pendant que Sam parlait et parlait, Jen s'était hissée sur la pointe des pieds et regardait, les yeux plissés, derrière la jument. Soudain, elle pâlit.

— Elle est dans un autre box ? demanda-t-elle sans laisser à Sam le temps de finir sa phrase.

— Quoi ? Jen, ce n'est pas drôle.

Sam se précipita aussitôt vers la jument et inspecta à son tour l'intérieur du box.

Belle était seule.

CHAPITRE 18

Sans perdre une seconde, mais avec méthode, Sam et Jen se mirent à la recherche de traces susceptibles de les conduire sur une piste, dans le box, puis dans le paddock. En vain. Elles firent le tour des corrals en courant, inspectèrent les moindres recoins de la cour. Pendant ce temps, Belle continuait de pousser des cris désespérés.

— Il faut qu'on parte à sa recherche, décréta Sam.

Là-dessus, suivie de Jen, elle s'élança vers la maison de Trudy Allen. Comme dans un mauvais rêve, la neige amoncelée ralentit leurs pas. Devant elles, les fenêtres luisaient d'un pâle reflet jaune dans l'après-midi gris. Plus Sam et Jen avançaient, plus elles avaient l'impression que leur objectif reculait.

Si Espérance s'était trouvée dans son box, à cet instant Sam et Jen entreraient tranquillement chez

Trudy pour y boire du thé et y déguster des petits gâteaux. Si Espérance ne s'était pas volatilisée, Sam se sentirait aussi sereine que dans la voiture de Grand-Mère Grace quelques minutes plus tôt. Le monde lui avait alors paru beau et paisible. Mais voilà, maintenant, Espérance n'était plus là.

Et si on ne la retrouvait pas vite, elle mourrait.

— Espérance a disparu ! hurla Sam en se ruant sur la porte et en l'ouvrant en grand.

Grand-Mère Grace se tourna vers elle, une théière à la main. Le récipient se mit à vaciller et, l'espace d'un instant, Sam craignit qu'elle ne le laisse tomber. Trudy, chargée d'un plateau de petits gâteaux, le posa rapidement sur la table et s'effondra sur une chaise. Horrifiée, Sam eut peur que la vieille femme ait une syncope.

— Comment est-ce possible ? finit par bredouiller Trudy. La jument est-elle...

— Belle n'a pas bougé. C'est comme si la porte du box s'était refermée sur elle avant qu'Espérance n'ait le temps d'y entrer. La petite a dû réussir à franchir la clôture quelque part. Je ne sais pas où, mais une chose est sûre, c'est qu'on doit la retrouver avant la nuit.

Il était peut-être déjà trop tard. Sam pensa à la rivière, aux gorges et aux ravins, et aux bruits qui couraient sur les couguars, les ours et les meutes de chiens sauvages.

— Madame Allen, dit Jen poliment tout en essuyant les verres de ses lunettes, qui s'étaient embués depuis leur arrivée dans la cuisine chauffée, est-ce que nous pourrions vous emprunter des jeans ? Sam et moi aimerions prendre deux de vos chevaux et commencer les recherches.

— Certainement pas, vous n'allez pas partir toutes seules, lui rétorqua Trudy.

— Ce sont de bonnes cavalières, et résistantes, dit Grand-Mère Grace doucement en posant la main sur le bras de son amie. En fait, s'il y a assez de chevaux de selle, on pourrait y aller ensemble.

— Juge n'y arrivera pas, soupira Trudy. Et moi non plus... ajouta-t-elle. Entendu, finit-elle par accepter.

— Je vais appeler Wyatt et les Ely, répondit Grand-Mère Grace en se dirigeant vers le téléphone.

— Mon père est à la maison aussi, offrit Jen. Il viendra.

Plus il y aurait de monde, mieux ce serait, car la robe pâle d'Espérance aurait pour effet regrettable de la camoufler. Sam se l'imagina, incapable de voir les obstacles les plus évidents, et une vague de désespoir la submergea.

— Elle est si petite, murmura-t-elle en se couvrant la bouche de sa main gantée.

— Les causes perdues, ça n'existe pas, déclara alors Trudy, la voix dure. Est-ce que ce n'est pas toi qui me l'as dit, jeune fille ?

Sam s'efforça de refouler les larmes qui lui piquaient les yeux et prit une longue inspiration. Puis elle hocha la tête de haut en bas.

— Tu auras bien assez le temps de pleurer plus tard, si c'est nécessaire, reprit Trudy.

À ces mots, la vieille femme se leva et se hâta vers les escaliers, en ajoutant par-dessus son épaule :

— Je vais vous chercher des vêtements chauds. Vous pourrez prendre Poil de Carotte et Calico. Ce sont de vieilles demoiselles, mais elles sont solides. Elles feront de leur mieux pour vous aider.

Un quart d'heure plus tard, Sam et Jen, engoncées sous plusieurs couches de pulls et de vestes qui ne leur allaient pas, montaient en selle.

Pendant qu'elles harnachaient les juments pie, Sam avait retrouvé les sacoches qu'elle avait oubliées dans un coin de la grange deux jours plus tôt. Bien qu'elle ne supporte pas l'idée qu'Espérance puisse être blessée, elle s'était rendue à l'évidence que le matériel de premiers secours qui s'y trouvait pourrait être utile.

Elle ne prit même pas le temps d'ôter l'appareil photo. « Tant pis si je le casse, se dit-elle, Espérance passe d'abord. »

— Je veux que vous restiez toujours ensemble, leur ordonna Grand-Mère Grace. Ne vous séparez pas, à moins que Wyatt, Jake, ou un autre adulte, soit avec vous. Ils ne vont pas tarder à arriver.

— D'accord, Grand-Mère, répondit Sam, mais elle parcourait déjà la cour du regard en s'efforçant de l'appréhender comme Espérance le ferait.

Dans la grange, Belle hurlait toujours aussi fort.

— Et si on la laissait sortir ? On pourrait la suivre, suggéra Jen.

Sam s'était posé la même question.

— Je ne crois pas que ça marcherait, répondit-elle néanmoins. Je les ai observées toutes les deux, et maintenant, Espérance se débrouille mieux sans elle. Parce que, quand elle essaie d'obéir à sa mère, elle ne fait attention à rien d'autre qu'à sa voix.

— Ça paraît logique, admit Jen. La pauvre, quand je pense qu'elle est toute seule quelque part par là.

— C'est pour ça qu'on va la chercher, lança Sam en faisant tourner Calico vers l'allée.

Une heure plus tard, la neige avait cessé de tomber mais, si de minuscules empreintes s'y étaient trouvées, le vent les avait effacées.

— Je ne vois rien, dit Jen.

— Jake trouvera peut-être des indices. C'est sa spécialité.

— Je l'espère parce que... regarde.

Jen pointa le doigt au loin. Le soleil avait l'air aussi froid et gris qu'une pièce d'argent, et il descendait vite à l'horizon. Lorsqu'il aurait disparu, la température baisserait brusquement. Sans compter que le ciel était couvert de nuages blancs et ventrus, prêts à déverser la neige dont ils étaient chargés.

— La nuit va tomber, et on n'a encore rien trouvé. Il nous faut un plan d'action, décréta Jen.

Sam s'efforça de réfléchir, sans grand succès. Le vent s'engouffrait sous ses vêtements, et ses bras et ses jambes étaient gelés. Autour d'elle, la prairie s'étendait, froide et blanche, ondoyant sous les rafales. Devant elle, les monts Calico s'élevaient, pâles, en pics déchiquetés. La nature dissimulait des troupeaux entiers de chevaux sauvages. Une minuscule pouliche égarée y disparaîtrait comme un vulgaire flocon de neige.

Espérance n'avait pas beaucoup de chances de survie mais, si elle et Jen l'abandonnaient, elle n'en aurait plus aucune.

— Je ne pense pas qu'elle soit partie vers les montagnes, déclara Sam en indiquant des ombres bleutées qui pointaient sous les amoncellements de neige. Ce serait trop glissant, et en plus elle aurait du mal à grimper. Si elle est encore capable de marcher, elle ira là où c'est le plus simple pour elle.

Jen hocha la tête en signe d'assentiment. Toutefois, les deux amies savaient pertinemment qu'un petit animal fatigué risquait fort de s'allonger pour dormir.

— Il y a encore assez de visibilité, dit Jen. Si seulement elle y voyait...

— Elle n'y voit pas, la coupa Sam. Par contre, toi et moi, on a encore nos yeux. Si on se sépare, tout en restant à portée de vue, on couvrira deux fois plus de superficie.

Ni l'une ni l'autre ne mentionna la promesse qu'elles avaient faite à Grand-Mère Grace – ni toutes les règles de sécurité qu'on leur avait enseignées de respecter en cas de neige.

— Si je vais par là, je serai toujours sur les terres de Trudy, mais parallèle au ranch des Trois Poneys, réfléchit Jen. Si ça ne te dérange pas, j'aimerais autant ne pas avoir à rencontrer Jake. Je te laisse prendre cette direction, et moi, je repars vers la route.

— D'accord, accepta Sam. N'oublie pas de vérifier sous chaque buisson d'armoise et au pied de chaque pin pignon où elle aurait assez de place pour se protéger.

Soudain, le vent mugit et souleva la neige en un tourbillon blanc entre les deux amies. Sam attendit que la neige retombe et reprit :

— Il ne faut pas qu'on se perde de vue une seule seconde. Si le vent s'intensifie comme il vient de le faire, on se regroupe tout de suite, compris ?

— Compris, dit Jen.

Calico ne résista pas aux ordres de Sam et se faufila sans rechigner entre les buissons d'armoise et les rochers. La jument accepta de reculer, de tourner, sans s'offenser des interruptions de sa cavalière qui bougeait constamment sur sa selle pour faire signe à Jen.

Sam avait le nez gelé. Elle aurait aimé que quelqu'un apparaisse devant elle pour lui annoncer qu'Espérance était en sécurité, que tout allait bien et qu'elle pouvait rentrer chez elle et se pelotonner dans son lit.

— Et si les chevaux avaient un ange gardien ? murmura Sam. Calico, s'il te plaît, dis-moi que tu en as déjà vu un. On en a vraiment besoin ce soir.

Calico répondit par un petit hennissement, et Sam aperçut quelque chose bouger.

— Ça, ce n'est pas un ange, déclara-t-elle, mais merci pour le signal, ma belle.

Seul Jake montait un cheval noir dont la crinière coupée en brosse se dressait comme une crête de Mohawk. Lui seul pouvait irradier autant de colère au travers de plusieurs couches de vêtements isolants.

Jake arrêta l'Ensorceleuse à deux mètres à peine de Calico. Saupoudré de neige, son Stetson était blanc. Dessous, les yeux marron de son propriétaire lançaient des éclairs.

— Tu es idiote, et tu le sais.

— Ce que je sais, c'est qu'Espérance sera ravie que tu lui sauves la vie, même si tu estimes que c'est une perte de temps.

— Je ne le fais pas pour Espérance.

L'haleine de Jake se figea dans l'air froid, et les deux chevaux restèrent immobiles. Au bout d'un moment, Jake pointa le doigt derrière Sam.

— Ta complice va se décrocher les bras à force de les remuer. Elle aurait déjà pu arrêter un train, dit-il à Sam. Réponds-lui.

— Pour qu'elle ne se doute pas que tu es sur le point de m'étrangler ?

— Exactement. Réponds-lui.

Sam se tourna sur sa selle, agita les bras, et Jen reprit ses recherches.

— Je suis en route pour le ranch, reprit Jake. Je vais regarder s'il y a des traces avant que la nuit tombe complètement.

— Mais le vent...

— Je vais faire ce que je peux, d'accord ? aboya Jake. Bon, jusqu'où veux-tu aller ? Ton père et Piment amènent les chevaux en camion jusque chez Mme Allen. Je dois les y retrouver, et je veux pouvoir leur dire où je t'ai vue pour la dernière fois.

Pendant qu'il parlait, l'Ensorceleuse, comme un serpent, avait approché la tête de Calico, et la mordit. La jument pie couina et fit un écart si brusque que les sacoches se soulevèrent et, chargées par le poids de l'appareil photo, claquèrent sur ses flancs.

L'appareil photo.

Les chevaux sauvages.

Que lui avait dit Trudy le soir où Sam lui avait parlé de son envie de photographier des chevaux sauvages de nuit ?

— Sam ? Reste avec moi, lui ordonna Jake.

— Attends, marmonna-t-elle en essayant de se concentrer malgré le froid. Ça y est, j'y suis, ajouta-t-elle en levant les yeux vers Jake. C'est risqué, mais Trudy m'a raconté qu'elle a déjà vu des mustangs dans les sources d'eau chaude. Elles ne sont pas loin d'ici !

— Elles sont profondes ?

Aussitôt, Jake se ravisa et secoua la tête.

— Oh, non, la môme, c'est beaucoup trop risqué.

Sans un mot, dans une gerbe de neige, Sam fit tourner Calico sur ses postérieurs et la lança au galop. Derrière elle, Jake hurla quelque chose. Sam ne s'arrêta pas pour lui demander ce que c'était, mais elle crut comprendre : « Bonne chance. »

Sam n'eut pas besoin d'expliquer à Jen qu'elle avait eu une idée. Quand son amie la vit passer à toute allure, elle se pencha et lança Poil de Carotte à la poursuite de Calico. La neige giclait sous les sabots des deux juments, qui semblaient y trouver du plaisir.

« Je vous en prie, faites qu'Espérance y soit, pria Sam. Je vous en prie, faites qu'elle y soit en sécurité et protégée du froid. »

Des flocons épars vinrent se coller sur ses cils. Sam espéra que c'était de la neige soulevée par le vent, mais lorsqu'elle leva les yeux, elle comprit qu'une nouvelle averse se préparait.

Malgré la vitesse, les flocons continuèrent à venir se poser sur son visage, mais elle n'osa pas lâcher les rênes pour s'en débarrasser.

À sa droite, Sam aperçut la cabane dans l'arbre. Sous les sabots de Calico, le sol partit en pente, et Sam avisa de grands buissons plus loin devant. Trudy lui avait dit que les sources étaient entourées de roseaux.

Calico prit encore de l'avance sur Poil de Carotte. La tête haute, les naseaux dilatés, elle avançait dans un galop effréné. Sam ne se serait jamais doutée que la jument pouvait aller si vite.

Qui plus est, elle semblait connaître chaque creux et chaque bosse de la prairie. Son allure était si fluide que Sam se crut un instant championne du monde d'équitation.

Brusquement, la jument ralentit.

— Hé, Jen ! lança Sam en se tournant sur sa selle. Je crois qu'on a pris la mauvaise direction.

Sam se tourna de l'autre côté.

— Jen ?

Un rideau blanc de neige soulevée par le vent enveloppa Sam et Calico. Lorsqu'il retomba, Sam constata qu'elle était seule. Calico était effectivement plus rapide que Poil de Carotte : Jen avait disparu.

Chapitre 19

L'étendue déserte qui l'entourait aurait aussi bien pu être l'Arctique. Sam ne distinguait plus ni clôtures, ni lumières signalant le ranch, pas même le grand arbre où était accrochée la cabane.

La neige formait devant ses yeux des essaims de moucherons blancs. Le vent d'ouest qui l'avait harcelée dans le dos se trouvait rejoint par des bourrasques provenant de diverses directions. Des flocons virevoltants se transformaient en longues écharpes de neige qui la fouettaient de tous côtés.

Droit devant, elle entrevit des broussailles en habits de neige. Peu à peu, la végétation se faisait plus haute, jusqu'à devenir un hallier. Sam était incapable d'identifier les arbres qui le constituaient. Peut-être des pins, mais ils semblaient ronds comme des boules de neige.

Elle se dirigea vers eux. La présence de végétation impliquait la présence d'eau.

C'est alors que les arbres disparurent derrière des colonnes de flocons serrés. Sam tenta d'interpréter leur chorégraphie. Ils bougèrent pour bientôt se retrouver sur sa droite. Puis, juste au moment où elle eut l'impression de voir au-delà, ils devinrent flous, se fondirent dans l'espace, pour resurgir à sa gauche.

Sam posa sa main sur l'arrière-train de Calico afin d'avoir un appui pour regarder derrière elle. Pas de traces. Elle se pencha davantage en arrière. Elle ne distingua pas plus de marques dans la neige tout près des sabots de Calico. Même Jack ne parviendrait pas à la trouver, se dit Sam. À cet instant, un million de flocons agglomérés la giflèrent, menaçant de l'asphyxier.

Elle passa sa main gantée sur son visage pour les chasser.

« Reprends-toi, s'ordonna-t-elle. Tu connais le terrain. »

En dehors des deux années qu'elle avait passées à San Francisco, elle le traversait à cheval régulièrement depuis qu'elle était née ou presque. Il n'y avait aucune raison qu'elle ne parvienne pas à sortir de cet endroit.

Elle pouvait toujours compter sur les monts Calico pour avoir un repère fiable. Si elle s'éloignait d'eux, elle atteindrait la rivière. Une fois qu'elle l'aurait traversée, elle serait à proximité de chez elle. Mais même les montagnes étaient cachées par la tempête de neige.

Calico s'agita, désireuse de se mettre en route, mais Sam la maintint en place. Si elle laissait Calico suivre son idée, la jument risquait de l'éloigner encore des ranchs.

Sam était perdue, et seule – n'était-ce pas ce que sa mère avait craint le plus pour son enfant ? Le plus terrible cauchemar de sa mère était en train de se réaliser.

Sam resta immobile un instant, tandis que ces mots tournaient dans sa tête. Ils auraient dû l'effrayer, mais elle n'avait pas peur. Pas encore. Elle connaissait la région, et Calico aussi. Elles s'en sortiraient.

— Cela dit, un peu d'aide serait la bienvenue, prononça Sam à voix haute.

Elle aurait été bien incapable de dire à qui elle s'adressait, et sa voix résonna si fluette qu'elle se tut.

Elle tendit alors l'oreille et n'entendit rien mis à part le vent qui hurlait. Aucun bruit de sabots ne venait à sa poursuite. Aucun bruit de pneus ne faisait crisser la neige. Elle ne percevait même pas de bruits de circulation sur la grand-route, qui pourtant ne pouvait pas être bien loin.

— Voyons si nous arrivons à trouver ces arbres, cria-t-elle à Calico.

Elle les avait vus quelques minutes auparavant. Elle claqua de la langue, laissa filer les rênes et espéra que tout se passe au mieux.

Même si elle ne trouvait pas les sources et Espérance, il fallait qu'elle reste près des arbres. Elle savait construire les abris contre la neige, et elle avait bien l'impression que ce serait nécessaire.

— Les voilà, dit-elle à voix basse.

Son esprit transformait peut-être des paquets de neige soufflée en quelque chose qu'elle désirait voir mais qui n'était pas là en réalité.

Elle demanda à Calico d'obliquer à droite, mais la jument protesta. Elle piaffa, renâcla, bien décidée à monter la pente sur la gauche. Si c'en était une. Soudain, la jument fit un brusque mouvement vers l'avant et dérapa.

— Tu peux aller t'écraser la tête la première si tu veux, marmonna Sam, mais ce sera sans moi.

Elle était presque sûre que la jument ne comprenait pas ses paroles. Le froid semblait avoir gelé les articulations de sa mâchoire. Mais, à coup sûr, Calico réagirait à une pression, aussi Sam se servit de tout son poids et de toute la force de ses jambes pour lui imposer sa direction.

À contrecœur, Calico obtempéra.

La jument pie était devenue toute blanche. La neige sur sa crinière était si épaisse qu'elle se craquela, et des paquets blancs s'en détachèrent.

Les arbres étaient là. Trois. Nulle petite cabane n'était accrochée dans leurs branches, et nulle source n'apparaissait entre eux, mais ils dessinaient un demi-cercle, parfait pour l'abri que Sam voulait construire.

Si toutefois elle avait assez de cran pour mettre pied à terre. Calico semblait s'être calmée, mais les mains de Sam étaient tellement glacées et ses gants tellement trempés qu'elle craignait de ne pas arriver à tenir les rênes.

Ce serait différent si elle avait des gants bien secs. Sam contraignit la jument à s'approcher des arbres. Une fois dessous, Sam observa l'envers sombre des branches au-dessus d'elle.

— C'est mieux, n'est-ce pas, ma belle ? demanda Sam.

Elle espérait que Calico apprécierait suffisamment cette protection pour se tenir tranquille. Elle épousseta la neige qui recouvrait les sacoches, défit les boucles et attrapa ses gants de rechange.

Le vent avait-il désormais des dents de glace ? C'est la sensation qu'elle eut, le temps d'enfiler avec difficulté ses gants secs. Mais alors ses doigts se réchauffèrent, et le soulagement lui redonna courage.

— Je vais t'attacher à cette branche basse et je t'interdis de bouger, déclara Sam en sautant à terre.

Elle trébucha sur la surface inégale et la neige crissa ; la jument n'essaya pas de se sauver. Sam l'attacha avec des mains maladroites, mais le nœud paraissait vouloir tenir. Même si les arbres ne la protégeaient guère, la jument semblait savoir que c'était mieux que rien.

Calico plaqua sa queue contre son arrière-train et se tourna de manière à éviter le vent ; c'est alors que Sam remarqua que le déluge de neige avait ralenti. Le vent venait à nouveau de l'ouest, et il était moins fort. Peut-être que...

— Je ne vais pas me faire piéger, affirma-t-elle en examinant les arbres. Je construis ma petite hutte.

Elle dégagea la neige du sol à coups de pied et trouva deux branches cassées qui étaient assez longues pour constituer le toit d'un abri. Cela ne suffisait pas, aussi arracha-t-elle à l'arbre deux branches basses.

Elle était loin l'époque où, en classe de sixième, elle avait étudié la survie en milieu hostile pendant l'hiver, mais elle savait que les branches sur place pouvaient servir de support à d'autres que l'on fixait en travers comme des étagères.

Elle expliqua tout cela à Calico, mais la jument avait fermé les yeux et rabattu ses oreilles en arrière. Elle n'était pas contente.

— Tu vois, ça forme un toit, lui dit Sam néanmoins. Ensuite, il va falloir que je cherche des aiguilles de pin et d'autres matériaux à placer entre ces branches pour que la neige ne s'infiltre pas jusqu'à nous. Et à ce moment-là, mes gants seront à nouveau trempés.

Indifférente, Calico s'éloigna aussi loin que la bride le lui permettait. Déstabilisée par son mouvement, une neige fine tomba des branches les plus hautes et vint saupoudrer Sam.

Sam la secoua d'un geste de ses mains engourdies. Avant de commencer la construction, il lui faudrait déplacer la jument et l'attacher ailleurs. Sinon, d'un seul autre pas en avant, Calico pourrait détruire tout l'édifice.

Sam bâilla et se frictionna les bras. Le vent s'apaisa pour n'être plus qu'un chuchotement. Puis le silence se fit. Quelque part, de la neige glissa de la ramure et tomba avec un bruit mat. La température devait être en train de remonter un peu, mais certainement pas assez.

Avec un brin d'envie, Sam songea aux allumettes dans les sacoches et se demanda si ces aiguilles de pin imprégnées d'eau permettraient au feu de prendre. Dans ce cas, pourrait-elle arracher des lambeaux d'écorce qui ne seraient pas trop mouillés pour brûler ?

— Termine donc ce fichu toit d'abord !

Les paroles de Sam sortirent un peu confuses, mais résonnèrent dans l'atmosphère silencieuse et calme et, cette fois, Calico s'effaroucha.

Le nœud précaire qui tenait la bride céda, et la jument partit au trot.

— Non ! Calico, reviens !

Sam la suivit en chancelant dans les congères épaisses. Il lui fallait se hâter. Bien que la jument soit obligée de soulever ses sabots très haut, presque comme si elle caracolait, elle s'éloignait vite.

L'encolure arquée, elle avançait dans un silence irréel qu'elle brisa soudain en hennissant comme une jeune jument.

À ce moment-là, elle s'était arrêtée, et Sam ne laissa pas l'occasion lui échapper. Sa seule chance d'attraper la bride qui traînait était de se jeter en avant de tout son long, comme dans une tentative de plaquage.

Elle le fit aussitôt ; puis elle agrippa fermement les rênes et se remit sur ses pieds.

Calico ne manifesta pas la volonté de s'enfuir. Une poussière de neige fine comme du sucre descendit à nouveau, mais Sam n'eut pas la même sensation de froid qu'auparavant.

Essoufflée, elle se tint debout, une main posée sur l'épaule de la jument, et écouta dans la direction que les oreilles de l'animal indiquaient.

— Qu'est-ce qu'il y a, ma belle ? Tu vois Espérance ?

Sam se rendit compte qu'elle aurait une meilleure vue si elle remontait sur le dos de la jument.

Elle sauta en selle, puis se pencha très bas en essayant d'ajuster son champ de vision à celui de Calico. Cette dernière devait avoir entendu ou senti quelque chose, mais rien ne bougeait.

Enfin, peut-être que si. Sam cligna des yeux. Une brume apparut en ondulant entre les broussailles. C'était forcément une source d'eau chaude.

Subitement, elle se trouva tout à côté. Calico y était allée tout droit, et la petite mare semblait si attirante que Sam crut être sous le coup d'une hallucination.

Calico avait-elle constamment essayé d'atteindre cet endroit ? Sam estima que c'était bien possible.

— Désolée, ma belle, lui dit-elle.

La jument ne bougea pas les oreilles pour recevoir le son de sa voix. Calico se concentrait sur quelque chose qui n'avait rien à voir avec sa cavalière.

Sam avait du mal à percevoir quoi que ce soit à travers la vapeur qui s'élevait du sol à la rencontre de la neige que le ciel versait.

Elle finit par distinguer un groupe d'arbres qui se dressaient telles des stalagmites de l'autre côté de la source.

À deux ou trois mètres devant Sam se tenait la pouliche aveugle.

— Espérance !

Debout jusqu'au genou dans l'eau bleuâtre, la pouliche balançait sa petite tête de *medicine hat* de gauche à droite. En entendant ses couinements de gratitude, Sam dégringola de Calico, mais sans lâcher les rênes afin que la jument ne se sauve pas. Sam sentit la chaleur augmenter au fur et à mesure qu'elle avançait. Le froid cauchemardesque n'avait pas sa place dans ce minuscule havre de paix.

Se sentant désormais en sécurité, Espérance se mit à ruer et à éclabousser l'espace autour d'elle. Ses acrobaties furent telles qu'un autre cheval, très attentif, rejeta la tête en arrière.

À demi dissimulé par la vapeur, silhouette argentée se profilant sur les arbres blancs, le Fantôme se tenait à l'autre extrémité de la mare. Immobile, seul le vent agitant sa crinière et sa queue, il observait.

— Il y a un ange pour les chevaux après tout, murmura Sam.

Le Fantôme s'ébroua, et un nuage se forma autour de sa tête.

Sam savait que les étalons souvent tuent les poulains qui ne sont pas les leurs, mais Zanzibar avait protégé Espérance.

La brave petite pouliche fit un pas hésitant dans son univers d'obscurité. Elle était prête à rentrer au bercail, mais Sam souhaitait rester toute la nuit à contempler le Fantôme.

Les oreilles de l'étalon pivotèrent, et il redressa la tête. Un autre cheval approchait en faisant crisser la neige.

Sam savait bien qu'elle devrait lancer un appel. C'était sûrement Jen. Mais le Fantôme ne faisait pas mine de penser à s'enfuir, et Sam ne tenait pas à perdre une seule minute de sa compagnie.

Même après que Jake l'avait frappé et que Sam l'avait repoussé en criant, l'étalon avait pardonné. Sam ne voulait à aucun prix le chasser une nouvelle fois. Tant pis si Jen passait sans la voir et la laissait seule derrière.

— Zanzibar, chuchota-t-elle. Reste avec moi un moment.

L'étalon soupira. Cette respiration détendit tout son corps. Son cou tendu se courba, il porta son poids vers l'avant et salua. Puis il hennit et frappa le sol d'un sabot en renâclant doucement afin de calmer la pouliche qui s'agitait.

Dans l'obscurité embrumée, Sam vit l'étalon rejeter sa tête en arrière. Son toupet et sa crinière soulevèrent un tourbillon de vapeur et de flocons qui s'enroula autour de lui en un sillage magique. Il ressemblait à une licorne au bord d'une rivière enchantée. Pourtant il n'en était rien. Il était Zanzibar et il lui appartenait.

Soudain, l'étalon dressa la tête et poussa un hennissement.

Calico répondit, puis un autre cheval aussi. Si on lui avait demandé de deviner, Sam aurait dit que le son rauque venait de l'Ensorceleuse. Mais Jake ne serait pas revenu.

Et quand bien même, se dit Sam, la gorge nouée, elle ne voulait pas le voir.

Condamnée au silence par la confiance que le mustang lui accordait, Sam ne bougea pas, n'appela pas. Elle ne se retourna pas non plus pour voir le cheval et son cavalier qui approchaient, de crainte que le Fantôme ne disparaisse avant qu'elle ne porte à nouveau son regard sur lui.

Ainsi, elle le regarda s'en aller. L'étalon se faufila entre les arbres à l'extrémité opposée des sources chaudes.

Avec un hennissement proche du désespoir, Calico se prépara à s'élancer sur ses traces. Il n'était pas facile de la maîtriser en étant à terre, mais Sam lutta avec la jument. Finalement, elle tira sèchement sur les rênes.

— Tu fais peur à Espérance, dit-elle à Calico tout en lui frottant l'encolure. Tu te conduis comme devant une star de la chanson ou quelque chose de ce genre.

Calico poussa un petit grognement, et Sam espéra que l'animal avait retrouvé un peu de sagesse.

— Remarque, je te comprends.

Elle fixa son regard sur l'endroit où s'était tenu le Fantôme quelques instants auparavant.

— Ohé ! appela le cavalier.

C'était Jake.

— On est là ! répondit Sam.

— Qui ça, on ? grommela Jake en apparaissant dans la clairière qui entourait les sources chaudes. Je viens de croiser Jen.

— Moi, Calico, et Espérance, lui répondit Sam, de nouveau heureuse, avant de demander : Si tu viens de croiser Jen, c'est que tu revenais en arrière ?

Un regard furieux plus fort que des mots lui enjoignit de se taire, mais Sam l'ignora.

— Je croyais que tu étais parti chercher des traces.

Jake haussa les épaules comme si c'était une question de bon sens.

— J'ai eu le pressentiment que tu irais te chercher des ennuis.

— Un pressentiment ? Tu veux dire une de ces choses que les types qui ont les pieds sur terre ne croient pas parce qu'ils ne peuvent pas les voir de leurs propres yeux ?

— Toi...

Jake menaça Sam de son index caché sous un gros gant de cuir.

— Tu sais, l'Ensorceleuse en a assez de s'amuser dans la neige. Si tu veux, je peux la ramener chez moi et te laisser te débrouiller toute seule pour hisser cette pouliche sur ta selle. C'est ça que tu veux ?

Sam savait qu'il n'en ferait rien. De fait, il sauta à terre et plaqua les rênes de l'Ensorceleuse dans la main de Sam.

— Ne la lâche pas et remonte sur ta jument. Je vais te la passer, ta pouliche.

Là-dessus, il lui tourna le dos et partit en pataugeant dans la neige épaisse.

Il se montrait autoritaire parce qu'il était embarrassé. Néanmoins, Sam lui tira la langue dans le dos.

Arrivé au bord de la mare, il s'arrêta, regarda Espérance et secoua la tête. Il marmonna quelque chose, et Sam aurait bien parié que cela ne l'enchantait pas d'aller se faire mouiller. Mais il plia les genoux, et dans la neige plaquée sur le dos de sa veste se dessinèrent des lignes en damier.

— On y va, dit-il doucement.

Il y eut un bruit d'eau soyeux, et Jake se redressa. Sam n'entendit nul bruit d'éclaboussure ou d'agitation. Espérance ne se débattit pas, et son minuscule museau doré apparut sur l'épaule de la veste en cuir de Jake.

Ce dernier grogna et changea de position, afin d'avoir une bonne prise avant de faire demi-tour.

— Ta petite demoiselle essaie de m'apitoyer, marmonna Jake. Dis-lui que je n'ai pas de temps à perdre avec des mustangs assez bêtes pour s'éloigner de leur mère.

Il se retourna alors, en tapant des pieds bien fort dans la neige afin de ne pas déraper avec la pouliche. Il continua de rouspéter mais, lorsqu'il arriva près de Sam, il souriait.

Parfait.

En un éclair, Sam eut une inspiration. Elle tendit les mains vers les sacoches.

Persuadée que les chevaux resteraient sur place rênes au sol, Sam exécuta avec ses doigts froids un exercice de virtuosité. Elle défit la boucle du rabat et s'empara de son appareil photo. Elle le sortit du nid de chaussettes où il reposait et, avant que Jake ait pu froncer les sourcils ou protester, elle tira trois photos du cow-boy et de la délicate pouliche aux longues pattes.

— Si tu t'imagines que je ne vais pas me venger, tu te mets le doigt dans l'œil, dit Jake. Tu crois que c'est une partie de rigolade pour prendre des photos au lieu d'aider ?

Il n'avait pas haussé le ton à cause d'Espérance, mais il était en colère.

Sam s'en moquait. Sa mauvaise humeur lui passerait.

Sam commençait déjà à se féliciter d'avoir gagné le concours de la Magie de la nuit lorsque l'Ensorceleuse manifesta son mécontentement d'être près de Calico.

Les deux juments se mirent à pousser des petits cris. Sam serra bien fort son appareil tout en essayant d'attraper leurs rênes respectives. Elle agrippa celles de l'Ensorceleuse, mais celles de Calico lui glissèrent entre les doigts. La jument pie, heureuse de pouvoir échapper aux dents de l'Ensorceleuse, s'éloigna au galop.

Il y eut un instant de silence, puis Jake poussa un soupir et secoua la tête.

— Faites confiance à une femelle pour vous remercier en vous créant des ennuis supplémentaires.

— J'espère que c'est de Calico que tu parles, lui dit Sam.

— Bien sûr.

Jake souleva la pouliche un peu plus haut dans ses bras.

— Maintenant, c'est à toi de gérer la situation, la môme, parce que mon Ensorceleuse ne transporte pas de double charge. Jamais.

Dix minutes plus tard, la jument noire prouvait que son maître avait tort.

Jake était assis devant, tenant les rênes, et Espérance ; Sam était assise derrière.

Sam aurait dû n'être guère à son aise. Des flocons de neige bombardaient ses cheveux, fondaient et lui coulaient dans le cou. Elle avait des crampes aux bras à force de tenir Jake par la taille.

Et pourtant, elle poussa un soupir de contentement. Elle imaginait les yeux d'un étalon d'argent, qui l'observait sans qu'elle le voie, et elle ne s'était jamais sentie plus heureuse de toute sa vie.

Terri Farley

L'auteur est une passionnée de chevaux. Elle a quitté Los Angeles pour le Nevada, après des études d'anglais et de journalisme. Elle dirige désormais un ranch et écrit des romans et des articles sur les habitants et les animaux de l'Ouest américain, plus particulièrement les chevaux sauvages.

Du même auteur, dans la série « Cheval Fantôme » :

L'étalon sauvage, Tome 1
Un mustang dans la nuit, Tome 2
Une jument dans les flammes, Tome 3
Le cheval rebelle, Tome 4

Catherine Guillet

« Voici un cinquième volume de la série "Cheval Fantôme", et c'est toujours avec autant de plaisir qu'on lit Terri Farley et, pour ma part, qu'on la traduit. Ses personnages sont toujours aussi attachants, tout comme leurs aventures. Ses personnages, mais leurs habitudes de vie aussi, si différentes des nôtres quand on n'habite pas dans le Nevada et que l'on ne vit pas dans un ranch.

Terri Farley parle de sa région, des coutumes locales de celle-ci, de ses paysages, de l'esprit de ses habitants. Pour bien traduire, il faut bien connaître ou pouvoir comprendre. La traduction se transforme donc en un travail stimulant d'enquête et de recherche, car le traducteur doit lui-même se familiariser avec ce monde qu'il ne connaît pas forcément. Dès lors, l'exercice solitaire de la traduction devient une raison pour de nombreux échanges avec des personnes qui vivent dans le milieu à traduire, ou qui en sont spécialistes.

Table

PASSION CHEVAL

Partez pour des chevauchées
aux quatre coins du monde
où l'aventure se vit au galop.
Des romans aux accents de liberté...
... pour tous les passionnés de chevaux !

TITRES DÉJÀ PARUS

Flammarion jeunesse

CHEVAL FANTÔME

Tome 1 : L'étalon sauvage

Terri Farley

Quelle joie pour Sam de revenir chez elle après deux ans d'absence due à un grave accident de cheval ! Pourtant, Blackie, son premier et seul cheval, lui manque terriblement : nul ne l'a revu depuis l'accident... Soudain, un étalon d'argent surgit devant Sam, plus beau et plus sauvage que les autres : est-ce un signe ? Blackie est-il revenu aussi ?

« Il était plus beau que tout ce qu'elle avait jamais vu, un cheval dragon argenté, tissé de rayons de lune et de magie. »

Flammarion jeunesse

CHEVAL FANTÔME

Tome 2 : **Un mustang dans la nuit**

Terri Farley

Une nuit, un étalon sauvage vient rôder près du ranch de Sam. Elle ne reconnaît pas Fantôme, son cheval bien-aimé qui a désormais retrouvé la liberté. Mais lorsque les troupeaux de la région sont attaqués par un cheval sauvage, tout le monde soupçonne Fantôme.
Au village, une battue s'organise...
Sam doit sauver Fantôme !

« Tel un arbre renversé couvert de givre, les branches de l'éclair illuminaient de leurs zébrures la toile noire tendue derrière lui. Le Fantôme était de retour ! »

CHEVAL FANTÔME

Tome 3 : **Une jument dans les flammes**

Terri Farley

Que se passe-t-il dans le Canyon Perdu ?
Depuis plusieurs jours, d'étranges fumées blanches
s'en échappent. Avec Caïd, son jeune mustang, Sam décide
de mener l'enquête. Elle découvre que des voleurs
de chevaux sévissent dans la région.
Le troupeau du Fantôme est en danger.
Sam réussira-t-elle à le sauver ?

« Mettant des jambes, Sam fit partir Caïd au galop, pour essayer d'aller couper le chemin au fugitif. »

Flammarion jeunesse

CHEVAL FANTÔME

Tome 4 : Le cheval rebelle

Terri Farley

Sam a des raisons de se faire du souci.
Avec la sécheresse, le ranch de son père a du mal à tourner, et ils doivent trouver de l'argent.
Pour ne rien arranger, Sam apprend qu'une société de rodéo s'est installée dans la région et recherche des chevaux. Une fois de plus, le Fantôme et son troupeau sont en danger.
Mais Sam n'a pas dit son dernier mot...

« Où était le Fantôme ? Que ferait Slocum si l'étalon qu'il avait toujours voulu capturer se trouvait près de chez lui ? »

Flammarion jeunesse

CHEVAL FANTÔME

Tome 5 : **Un poulain dans la tourmente**

Terri Farley

Quand Sam découvre que plusieurs mustangs sont sur le point d'être abattus, notamment un poulain aveugle, son sang ne fait qu'un tour. N'écoutant que son cœur, elle décide de convaincre la propriétaire du ranch des Cerfs de les adopter. En contrepartie, elle accepte de l'aider. Mais entre ses corvées au ranch familial et ses devoirs, la jeune fille ne sait plus où donner de la tête. Elle en délaisse ses amis et ses chevaux préférés… Sam réussira-t-elle à sortir de la tourmente ?

« Norman White avait raison : le poulain semblait bien aveugle et terrifié. »

Flammarion jeunesse

FLAMME, UNE JUMENT DE FEU
Victoria Holmes

Depuis la mort de ses parents, Maddie, 15 ans, vit avec ses grands-parents. Leur domaine, loin de Londres, manque d'attraits pour la jeune fille. Elle désespère de revoir son grand frère, Théo, parti exploiter une mine de diamants en Namibie. Pourtant, un jour, le jeune homme resurgit. Il ramène avec lui une jument intrépide : Flamme. Maddie décide de l'apprivoiser. C'est l'occasion pour elle de passer beaucoup de temps avec son frère, qu'elle trouve de plus en plus étrange... Quel secret Théo cache-t-il ?

« Tout ce qui comptait, à présent, c'était de se trouver là, près de ce cheval, sans lui faire peur et sans lui demander plus que sa confiance et son amitié. »

LA CAVALIÈRE DE MINUIT
Victoria Holmes

Helena a beau être la fille aînée de Lord Roseby et vivre dans un manoir en Angleterre au XVIIIe siècle, c'est une demoiselle qui n'a pas froid aux yeux ! Sa grande passion, ce sont les chevaux, et en particulier Oriel, un superbe étalon aux sombres teintes acajou. Mais pour une jeune fille de bonne famille, piquer des galops le long de la falaise, ça ne se fait pas ! Surtout quand les trafiquants sévissent sur la côte et menacent la sécurité de tous. Intriguée par cette affaire, Helena décide d'enquêter... au grand galop !

« Helena ne put s'empêcher de poser la question, car le sujet la perturbait. Le village de Roseby abriterait-il, contre toute attente, une compagnie de contrebandiers ? »

Flammarion jeunesse

KATIE ET LE CHEVAL SAUVAGE

Tome 1 : **Une rencontre inespérée**

Kathleen Duey

À la mort de ses parents, Katie a été recueillie par les Stevens. Elle consacre toutes ses journées à les aider aux travaux de la ferme. Mais la fillette souffre de sa solitude et rêve d'une autre vie...

Un jour, M. Stevens revient à la ferme avec un cheval sauvage. Katie est la seule à pouvoir l'approcher. De cette rencontre va naître l'espoir...

« Ne t'en fais pas. Je vais te donner à manger, reprit Katie en avançant dans l'étable sombre. D'accord ? Surtout reste là. Tout va bien. Ne bouge pas. »

Flammarion jeunesse

KATIE ET LE CHEVAL SAUVAGE

Tome 2 : **Un voyage mouvementé**

Kathleen Duey

Katie a décidé de partir pour l'Ouest. Elle rêve de rejoindre son oncle dans l'Oregon. Elle fera le voyage avec son ami Hiram et le cheval sauvage qu'elle a apprivoisé. Sur la route, ils rencontrent la famille Kyler qui leur propose de se joindre à eux. Katie semble avoir trouvé le bonheur mais un accident vient remettre le voyage en question... Katie devra-t-elle renoncer à son rêve ?

« J'avais peur. En quelque sorte, la traversée de cette rivière avait fait de ce voyage une réalité. Nous nous apprêtions à pénétrer dans des régions inhabitées. »

Flammarion jeunesse

Mise en page par Meta-systems
59100 Roubaix

Imprimé en Barcelone par:

blackprint
A CPI COMPANY

N° édition : L.01EJEN000398.N001
Dépôt légal : juillet 2011
Loi n° 49-956 du 16 juillet 1949
sur les publications destinées à la jeunesse